北漂诗篇

第三卷

师力斌 安琪 主编

中国言实出版社

图书在版编目（CIP）数据

北漂诗篇．第三卷／师力斌，安琪主编．-- 北京：
中国言实出版社，2019.11
ISBN 978-7-5171-3229-5

Ⅰ．①北… Ⅱ．①师… ②安… Ⅲ．①诗集 – 中国 –
当代 Ⅳ．① I227

中国版本图书馆 CIP 数据核字（2019）第 248436 号

出 版 人　王昕朋
总 监 制　朱艳华
责任编辑　史会美
责任校对　代青霞
责任印制　佟贵兆
封面设计　淡晓库
内文插画　安　琪

出版发行　中国言实出版社
地　址：北京市朝阳区北苑路 180 号加利大厦 5 号楼 105 室
邮　编：100101
编辑部：北京市海淀区北太平庄路甲 1 号
邮　编：100088
电　话：64924853（总编室）64924716（发行部）
网　址：www.zgyscbs.cn
E-mail：zgyscbs@263.net

经　　销　新华书店
印　　刷　北京中科印刷有限公司
版　　次　2020 年 1 月第 1 版　2020 年 1 月第 1 次印刷
规　　格　710 毫米 ×1000 毫米　1/16　21.75 印张
字　　数　300 千字
定　　价　68.00 元　ISBN 978-7-5171-3229-5

代序｜一本书的广阔天地

师力斌

已经是第三次给《北漂诗篇》写序，但仍然有说不完的话。北漂诗人群体太庞大了，可能要算文学史上最庞大的诗人群之一，比现代以来的新月派、七月派、现代诗派、白洋淀诗群等众多群体可能都要大。它是一个不断生长的群体。源源不断的新人来到北京，进入我们的视野，因此就有源源不断的话想说。主编安琪说她都快成了北漂诗人的大姐了，这样贴心的话在诗歌编撰史上恐怕也不多见。特别是王昕朋先生和他领导的中国言实出版社，大手笔连续第三年出版《北漂诗篇》，促成了这一独特的品牌诗歌选本，可见王先生对北漂群体的格外关注。可谓偏爱有加，功德无量。就我个人而言，前两本书说过的话不再重复，只表达一个意思，那就是，一本书就是一个广阔天地。正是这纸上的广阔，强烈地吸引安琪和我，召唤我们内心的使命感。

关注北漂是新时代的一种文化责任。北漂是弱势群体，北漂诗人是弱势诗人，但关注北漂诗歌，不是文化扶贫，恰恰相反，是文化发现，是发现新时代的新文化。因为，他们写下的诗句绚烂夺目，记录的生活独一无二，创造的文化丰富多彩。他们也是常为新的，比如，本书收入的诗人中，80 后、90 后、00 后诗人明显增多。

《北漂诗篇》是北漂群体创造的广阔天地。来京的人，都是有两下子的人，都是怀揣梦想、追求不凡的人。三本《北漂诗篇》共编选北漂诗人 300 名。尽管他们占北漂总人数的比例不到万分之一，但在我看来，这已经是一个庞大的精神驻地。一个人就是一群人，一个保安就是 10 个保安，一个保姆就是 100 个保姆，一个快递就是 1000 个快递、10000 个快递。300 位诗人，300 种经历，300 种面目，300 种情感，300 种文化想象，放在当代中国，也相当壮观，他们极大地拓宽了我对北京文化疆域的界定，拓宽了我对北京文化包容力的认知。海纳百川，有容乃大。北京之所以大，北京文化之所以如汪洋大海，即是因为它的包容。

我惊讶于北漂诗人们提供的文化价值。穷困者有时比发达者在精神上更加富有。当我看到，一个北漂说出“爱比恨略多一点”，当我看到有人说出“扛过去，就是无数的欣喜在等你”，当我看到有人说出“在这里我们才能理解神州大地，才能最接近自己的梦”，当我看到“在北京成为坐下来的一棵树、走动的一棵树、奔跑的一棵树、生命树”，尤其当我看到网红育儿嫂范雨素“活着的意义，在于对人类发展承上启下、承前启后的责任感”，我不得不为这个群体点赞。当你一个个看下去，就会明白，这个群体不仅无定，还很坚定，不仅是一个物质创造的群体，也是一个精神创造的群体。古老的《诗经》许多诗作出于草根，21 世纪的北京诗歌许多出于北漂。源源不断、生机勃勃的北漂诗歌，可以看成是生机勃勃的北京文学的重要力量，也是生机勃勃的北京文化的重要力量。

《北漂诗篇》是我们窥见北漂群体创造力的新页面。这个群体的文化创造长期处于一种无名状态，沉在水下。这三部书仅仅是北漂群体文化创造的冰山一角，却让我看到了一个广阔的精神世界。它的丰富性远超我的想象。如果不是亲眼所见，你会以为这个群体都是消极、阴暗、牢骚、抱怨的情绪，　旦你点开这个页面，便会同我一样，惊讶于他们的坚强、自信、勤劳、乐观。在这个名人霸屏的时代，北漂是潜水的、无名的，我们却可能通过三部诗选这个小小的页面，窥见他们的面貌。这些诗句提供的，不仅是文字，还是面相，还是生命体验，十分广阔的生命体验。正因此，我愿将这本书与《北漂诗篇》2017 年卷、2018 年卷一起，视为新时代北京文化的广阔天地。

2019 年 9 月 9 日于北京和平门

目录

辑一

辑二

辑一

煤矿掘进工

马跃

在黑暗里
掘太阳

用锹掘
用炮掘

用雨掘
用命掘

用黑脸掘
用白牙掘

用倔强掘
用不屈掘

在地心里
掘出火

马跃，1975 年 11 月出生于山西长治市，大学毕业，热爱写作。《煤矿工人》一诗收入《北漂诗篇（2018 卷）》后，深受读者喜爱。寻梦北京，现在煤矿工作。

北漂者纪年

张小贝

火车的轰鸣声
常常将记忆带回旧时间
在那里
开启了特殊的纪年
关于孤独和疲倦
总是像花草未来得及修剪
把天空刺穿
又在暗无声息的时候
捂住嘴巴禁止发言
川流的人和车
拉扯着对陌生一切的期盼
抱着盒子的姑娘
靠着围起来的墙
擦着汗

对一切一无所知
又想要勇敢
这座城市
为将要远航的你
装上翅膀扬起帆
刮起裙子的街头
有温柔的小姐姐眯起双眼
停下步子帮你把裙子按一按
末班的地铁里
有陌生的肩膀
让你靠一靠
把疲惫和孤独暂缓
清晨扬起的微笑
熨帖了那
困住了自由又装载了希望的格子间
飞奔的脚步
追赶那五环六环七环

总说要离开
又总是在流连
这座城市虽然暗礁迭起
却不总是苦难
寻梦的画师
背着破吉他的摇滚青年
自由的流浪诗人
和怀着明星梦的百子湾
沉默的歌者
把生活写成剧的导演
踩着十厘米高跟鞋的姑娘
和加班到凌晨两点的程序员
你在这里数着万家灯火夜兴阑珊
你在这里跌倒又爬起
盼着不再挤那四惠东和八通线
你在这里把王朝的背影看穿
数着兴衰
翻过一座座山

诗意的栖居
在失落的礁石旁搁浅
又总有一轮红日
升起在黎明的海岸线
这里
是北漂者的新纪年

张小贝，1990 年生人，2016 年来京至今。软件工程师，业余写手。本科学历。兴趣广泛，热爱生活。喜欢读书写字，原创音乐，户外旅行，文学创作。北漂感言：在北京有许多压力，也有许多机会，机会与压力并存，扛过去，就是无数的欣喜在等你。梦想从不遥远。

我愿做一盏灯（3 首）

崔家妹

余生无龄

我要奔赴无人的村庄
没有老人也没有小孩

有一个收音机
但是它接不到频
只能发出雪花般的滋声

有半箱衣物
四季如春
怎么也塞不满

还有一箱子诗
年复一年
我把诗读成两箱三箱
数也数不过来

我算不过时间
也忘了自己
芳龄几何

回北新桥头

总爱扶着现在的门房
回望，回望来路
穿起过去的鞋子
踩出未来的脚印

我装成房客的模样
推门而入
打开半年前的行囊
着上七年前的衣裳

歪坐在高脚板凳上
任由往日时光
在新鲜的血液里流淌
洗净了我过去的理想

此时我只是一个房客
望着对面

两个和尚在念经
一个画家在作画
还有个作家不说话

脚边的老猫只顾挽留
那誓言
还清世俗之债
便去做和尚的小伙

它不再像从前偎我
唤它也没了应答
最终，认不出我长发的模样

猫还是那只老猫
房还是那座旧房
我还是一样
没有方向

我愿做一盏灯

盛夏不允许套一件棉袄出门
像去年冬天那样
我就只能坐在床头
把窗帘开一条缝
看天上星星是有与否

都说明星很好
这成了多少人的愿望
于是天上就出现了无数的闪耀
还有被淹没的黑暗

我希望做一盏暖色的灯
把一个房间照亮
每次开关都由自己成全

如果发现对窗流出悲望
我便点到天亮
安慰这个世间不是唯一的愁伤

崔家妹，1994 年 2 月出生，重庆人，2017 年开始北漂。本科学历，从事教育行业。北漂感言：其实北漂没有传说中的那么悲惨，这完全取决于自己的心态。特别是在北京这种快节奏的地方，太需要诗歌来安慰自己躁动的灵魂和肉体了。

一支钢枪的故乡（4 首）

赵琼

一支钢枪的故乡

对于一支枪来说
它的一生，没有黑夜
即使身处夜的最深处
也会将自己
迸发成一簇焰火
或冷静成一枚明月

一朵梅花开了
也开在深夜。即使没有落雪
心事，也与枪的心事
一样洁白

站在正义的界碑之侧
几乎是所有持枪的人
都有故乡，供他们在深夜里
进行感怀

与持枪人的无眠不同
枪的故乡，是淬钢之火
与钢的再次重构
在生与死的边界
他们就会义无反顾地
结合成捍卫血流
并让所有的祥和与尊严
喷涌而出

在烈士陵园

夜，紧裹大地的时候
总有一些眼睛
被睡眠抗拒

就像，在一片衣食无忧的阳光下
一些翅膀
拒绝安逸

也像子弹，没有眼睛
却总能
准确地找到那个，属于自己的
弹孔
枪，被握枪的人攥得久了
彼此的身上，都会长出
各自的生命

在一座关于英雄的纪念馆里
在一把锈蚀的枪中
我看到了，一个人的身影
在一阵风吹过一座坟茔的时候
我在风中，听到了鹰啸
也听到了枪声

一颗子弹的梦想

我宁愿一生沉默
如年年深冬的山坡
我宁愿喑哑一生
如岁岁十月的稻壳
假若让我凋落
我愿做深秋地里
那一粒炸落的豆子
或一枚坠地的松果
默如春雨或雪花
用细腻和洁白
绣织抚养我的山河
您若要我妩媚
我愿是雪峰之巅的那一株雪莲
或是江南湖畔的翠绿一抹
把江山渲染　让万物祥和
若您要我磅礴
我愿是那一条被暖阳
破冰的大河

气势若虹　震山撼岳
奔流千里万里不歇
去浇灌一副不屈的骨骼

我是一粒子弹
属于，却从不追逐那硝烟味道
自始至终，梦想着自己的一生
与同样来自于泥土的麦子或谷粒
属于一盘石磨
让或白或黄的粮食
哺育生命，永恒如歌……

夜医

对于黑下来的夜
每一颗星星，都不是
多余的石头
它光如针形，且深谙医术
总会不厌其烦地
将长在成人体内的那个故乡
完整地取出

赵琼，男，1966年生于晋南，1986年入伍，1997年1月进京。著有诗集五部，获奖若干。诗作散见于《诗刊》《解放军文艺》《北京文学》《解放军报》《文艺报》等，被收入多种诗歌选本。北漂感言：我在异乡的哨位上，吮吸故园的月光。

密云的水库（4首）

高敏

“闪送”

地平线下藏的太阳还未爬到密云水库
鱼儿还躲在三个60度的内角小憩
杨树随风唱起《云水谣》
新的一天收到晨曦的“闪送”

层层翠林包裹着“燕山明珠”
好像里面是一个岛国
但并没有闻到热带雨林的味道
而是一只自由自在的喜鹊在仙境飞翔

游人晨练的身影停在水面
就像拨开晨雾，擦不去的痕迹
尽管它只是一点斑驳和亮光

蓝天像一面镜子照着水库的精灵
白云在水里游泳，我的视野有些不舍
低头的一瞬间，鱼儿有些迟暮
对视那些纯净，攫取短暂的静谧

鸣笛声响起，游客被大巴车拉回
城里的空气长出厚厚的翅膀想飞到水库
却被层层人群阻隔在千里之外
梦里，愿缪斯送我去渔阳

密云的水库

密云，最宝贵的是水库
潺潺流过，脚下迎来沉重的铁索
拴住京津冀，喂养着人、畜、工业

无心桃红柳绿。放纵心灵

走到田间阡陌，让小麦、玉米、大豆喝饱
在饥饿年代，作为一个外地人拥抱每一滴眼泪

猛虎洪水归山之时，化身观音
教化滞洪地、河滩做一位贤妻良母
消灭十洪九灾，以做良田美池

背着行囊。消灭所有异类
在纸金迷醉的世界，作一片心灵的净土
以水的名义寻找电的力量发电

沿水库行走，一个石子将其绊倒
蹲下打探敌情又沉醉于山水之间
这般矫情的鱼兄出现了
受欺负的草总被鱼儿玩弄
一群硕大的鱼炫耀着家族部落
殊不知，因为水库，世间才有水库鱼

阳光再明媚，也不能埋没密云水库
真理敞开，密云的秘密也卸下
你我的距离，大概就是密云水库的记忆

水库鱼

树叶像鹅掌一样落在水库
像蝴蝶飞往花丛与悬崖
水库鱼讲述飞蛾扑火的故事正如你我

太阳一直在奔跑，没有时间搭理谁
你和它亲密接触只在水影里
小鸟飞走，杨柳絮也飞走了
你的孤独谁知道
风为你祈祷，雨为你哭泣
而你是和平年代桌上的烈士

用水库鱼做一道佳肴
看起来很鲜美，是舌尖上的惊喜
我们没有资格要求你
至少可以为你埋骨作碑，纪念你的忠诚

司马台长城

你出生于明洪武初年，和险峻的山称兄道弟
靠着蓝天，像天地间一种锋利的武器
山脉像手指一样聚拢，你便带着历史的疼痛
呈阶梯状蔓延，像永恒的时间隧道里一个雕塑

远眺群山连绵，不远处，还有袅袅炊烟
大概村子里有人在做饭
羊群牛群聚拢着山林，每一种日常
都让长城充满温馨、恬静和悠然
“前不见古人，后不见来者”

烽火台、瞭望口、射箭孔依次陈列
有时在雨中雾中上演历史悲剧
有时依据线索拥抱英雄和神灵
那些埋伏的敌人，在哪里
滚烫的热泪和鲜血你见了吗
每一个动作都像生死劫，触碰炼狱与天堂

登天梯而上，来到最高之地
仙女楼，不见仙女，却吓得打战
古时，大概只有喝上几壶酒才敢欣赏如此美景
台阶如细线，如刀刃，而我的目光却模糊
像陡峭的山，没有一朵花敢盛开之上
或许带上巫师的魔法更好些
甚至不用流露恐惧、焦虑、惊喜的面具

鸳鸯湖把长城分为两边，更是神奇，还有
未知的秘密，温泉的肚子长年藏着暖气和羽毛
而冷泉盛着冰淇淋的愤怒
长城像个隔板，种着不同的美景和灵魂
纵观所有，司马台长城才是一位艺术家和发明家
像一条苍龙勾勒出人间天堂

高敏，笔名墨燃芳馨、兰若梓，女，1993 年生人。青年作家。已在《世界诗歌文学》《中华文学》等多家报刊发表作品。2019 年荣获“中国新诗百年百位网络诗人”称号，有作品收入《奔跑吧！河流》《2019 年天天诗历》等。现居北京。北漂感言：为了成长，为了证明，为了更好，以迎着暴风雨奔跑的姿态活着……

白杨的诗篇（4 首）

安载良

白杨的诗篇

不记得那是我的第几个生日，
当身边的伙伴告诉我，
我们是白杨，
我便立志要和所有的伙伴们一样，
顶天立地，
努力向着最高的天空生长，
去呼吸最清新的空气，
眺望最遥远的远方。

我在春天茁壮成长，
只为在酷暑来临前锻炼强健的体魄。
当我的臂膀遮挡烈日的炙烤，
我听见脚下的人们欢声笑语；
当我的臂膀伸向蓝天，
我看见鸟儿站在我的头顶歌唱。

当秋风阵阵吹来，
我顺便抖落一夏的尘埃，
静静地守着日益清冷的街道，
只愿在漫漫寒冬里静静地睡个长长的好觉。

不记得挨过了多少个四季，
当初春的细雨扬起泥土的芬芳，
才发现我的双手已能触摸飘浮的白云，
我的头发可以感受来自地平线上的第一缕阳光，
我的双眼足以看到遥远的雪山。

迎来送往脚下的那些欢声笑语，
渐渐地，
我习惯了静静地仰望蓝天，
坚毅地眺望远方。

三千公里

如果我能站得足够高，
高到可以把三千公里的距离尽收眼底，
我想坐下来静静地欣赏。

看看那个千万人梦寐的都市，
也看看那个宁静的小城。

看看它们化作的光斑是否代表了不一样的欢乐，
或者，
不一样的孤独。

大城市

人们羡慕窗外的霓虹，
却忘了把自己的小屋点亮。

此刻的天气

我的双眼明明可以看见天空的每一种姿态，
羽绒般的白云，
或是漫天的阴沉大网；
我的肌肤明明可以感受到这城市的每一种色彩，
暧昧的阳光，
或是冷漠的阴霾。

可是，
为什么我会忍不住一再查看当前的天气。

此刻的北京，
你是否也一样，
在意那来自心底的视而不见的差异。

安载良，男，1982 年生于新疆伊宁，2001 年考入北京广播学院（后更名为中国传媒大学），2008 年毕业，获电影导演硕士学位。现工作生活在北京。北漂感言：如果说生命是一段旅程，应去尽可能远的地方；如果说生命是修行，应找个尽可能残酷的环境。选择北京，其实是表达一种生活态度。

故乡泥（3 首）

刘心莲

静夜思

天街如水
月色满江
如果，让一滴水
化为
静夜菩提
彼岸，慈悲生处
是
寻常人家

故乡泥

我以秋声酿一碗米酒
遥望故乡
从一朵花，一棵树
再到一片森林

一路风雨
心灵的缺口在这里修炼
我用宁静穿过句子里的繁华
掸尘，沐手
栖息在三炷香中
炊烟袅袅
听木鱼笃笃

谁给你，水一样的温润
谁引你走出红尘
我问秋风，秋风无语
它用经文译出密码
载着我，向远方叩拜
从一捧土，一束光
一垄云

碎碎念

去机场的路上
看手表 5：35
看看手机 5：39
又看看车上的记时表 5：42
哑笑

什么时候开始的？
日子忙到
忘了听广播
忘了每天给手表
校对时间

刚才最后一响
是北京时间 7 点整

刘心莲，1969 年生人，1995 年来到北京。从事过文案策划、财务、技术培训、标准化管理等工作。全国公安作家协会会员、中国诗歌学会会员、中华诗词学会会员。作品见于《人民公安报》《啄木鸟》《中华诗词》《诗刊》等。北漂感言：秋香吹落霜虽冷，燃过重阳九重山。

每一场雨都不是简单的重复（3 首）

李超群

晨曦

雾隐身守候高高低低群楼
飘来笛声在徘徊
眯眼红灯拉出怅怅影子

红裙摆巧手淡出阵阵葱香
放心早餐是娘家人
满六减五香菇丝夹饼，我们最爱
十万人选择，青青盛会

曦光暖暖羡慕椭圆红灯笼
静静等待，华灯绽放
夜幕的来临

每一场雨都不是简单的重复

雨，丝丝微落下
梅，看着耕机犁碾翻小毛头麦穗
覆辙沃土，飞尘挂满泪眼

白犁划过麦芒热情
祈祷雷神轰鸣
梅，又凄然点下玉米种子
画出一幅丰腴棒子的绿洲

麦芒舔扎梅的眼光
生疼，孩子六一送来了贺卡
祝福，书写着甜美未来

麦香

低下了头，油香黄澄澄我愿意

有时还昂着头，那是我觉得还需要挺着

甘愿为直，垂下高傲头颅
宁肯为理，挺起坚实胸膛
幽幽麦香，那是我送给芸芸众生福祉

锋利芒刺那是我的护身符
尽管短小
也是砍向迂腐的
悍将

李超群，笔名a山水人家。山西霍州人，在北京从事金融行业。梁衡研究会会员。爱好写诗，写散文。作品见于《电视诗歌散文》和“作家在线”“中国诗人”等网络平台。北漂感言：追求有思想深度的大美文化。

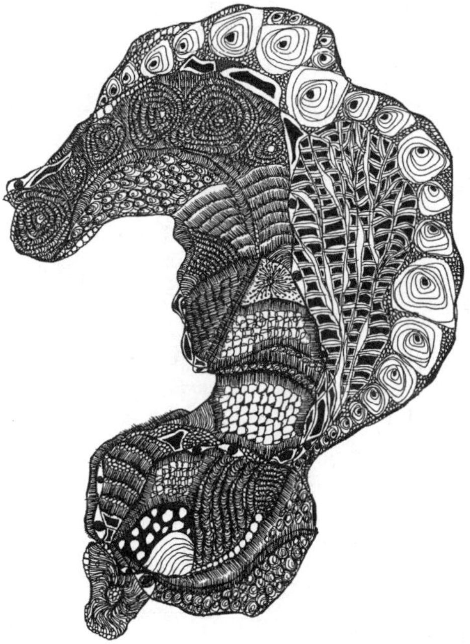

那奇异的云雾
安琪 2019-8-6

虫奏（3 首）

三月雪

虫奏

它们是天生的音乐家
高低起伏，错落有致
空气被虫鸣
振动成美妙的波
在耳膜荡漾

一只虫，也有快乐
它们的鸣唱也是生活
我们听不懂
因为
我们放不下

我不想做虱子

诗人在一首诗里长成文字
或者在一些文字里长成诗
用生命和思考维系执着和本真

我不想做虱子
先贤的毛发是圣洁的
不允许也不存在另一种人生
虽然我在他们面前只能匍匐爬行
虽然我的汗水和文字一样多

我就是我
当生则生，当死则死
生与死重量并没有什么不同
活着只是为了很好地死去
努力让自己在文字里变得庄重
诗人已死，而文字永生

七夕，我在等一个童话

七夕，我在等一个童话
等童话里那些邂逅那些美好以及爱情

有人说，童话都是骗人的
我说，如果你连童话都没有
那就骗了自己

即便是一捧塑料花
即便是一轮水中月
有一些美好的想象不好吗

不要说你很真实
不相信任何虚幻
生活都是在幻象中支撑成长

爱情，需要一点浪漫
婚姻，需要一个空间
那些印记若有若无，其味如盐

我相信童话，也相信爱情
虽然，那枚弯月经常被画成一个圆
圈起几千年不变的幻想

七夕，我在等一个童话
等一个人，一起
放养老牛和喜鹊

三月雪，原名王亚中，汉族，生于1971年3月，河北省河间市人，2009年北漂北京。诗人、书画家。现为北京《中华瑰宝》编辑部副主任，河北省作家协会会员，沧州市诗词楹联学会会员。出版诗集《左手穿越右手》。北漂感言：漂是一种生活，诗是一种态度。做北漂的行者，努力让自己漂得更有诗意，更漂亮。

鸽子（3 首）

冯昭

鸽子

你没有时间使春天完善。却在朗诵中
为夏天奠定基础。鸽子
风铃洗涤她洁净的羽毛
温顺与善良已经成为世界共通的表达

表达。口衔橄榄枝的造像
是对良知的召唤。在毕加索画布上
被演绎为战争与和平
的交替。一个怀着恐惧的时代

战争、欺诈、淫乱、瘟疫
拷问人类对未来的信心。而你的守候
不是守候而是孤独
你的孤独不是孤独而是牺牲

于是在某个凛冽的早晨
我也看到了，成群的鸽子迎着太阳飞翔
携带人们善良的愿望
没有人指引，她认得回家的路

乌鸦

我收集干柴使冬夜温暖。敲击木块
让钉子呻吟。月出
惊动了觅食的山鸟
乌鸦，绕过流水潺潺的孤村

孤村，探索隐居的一种方式
恬淡而朴实。山路上
擎杖的长者，或砍柴的樵夫
都闪烁着智慧的言辞

那是对城市文明的背离
压榨、倾轧、虚伪
被淡化为日出而作和村口的柿子树
不知有汉，无论魏晋

清风，吹亮了山巅的明月
钟声，惊醒了护法的山神
千里江山寒色暮
医治浪子孤商还乡的伤痕

青蛇

我的清梦，是一条蛇
静静地没有言语
如果你遇见它，千万不要感到惊悚
那擦肩而过的寂寞

寂寞。是五月的艾草
悬挂在故乡的门楣上
青蛇。五百年的修炼，幻化成落花人独立
听荒村的夜雨敲窗

敲窗的夜雨，惊扰了春梦
打湿了残稿。和着
泥土的腥味，成就你五百年来渡劫的梦想
携带人间屈辱的雷电

梦中是青蛇，风停是残月
醒来是一枕黄粱
待天明，庭院里
有桃花红、梨花白、杏花黄

冯昭，男，1982 年 1 月出生，河北宁晋人，2003 年游学北京，历任责编、记者、评论员、纪录片策划、撰稿人。中国金融作家协会会员。十六岁开始发表作品，已在《绿风》《星星》《山西文学》等百余家报刊发表散文、诗歌、小说、评论等逾百万字。2016 年入选博客中国“1917—2016 影响中国百年百位诗人评选”TOP300 榜单。

看花（3 首）

星汉

看花

可以跟着一朵白云去
可以跟着一只蜜蜂去
可以跟着一条小路去

如果你是一个经常把自己弄丢的人
就随自己的心去吧
心，找到的地方
总比脚找到的更可靠

请记住
有些花需要抬头才能看见
有些花需要低头才能发现它的美
哦，忘了提醒你一下
你要抓紧时间赶路
有些花从不等迟到的人

窗前的月亮

“每一扇窗前
都有一枚不同的月亮”
这话不是我说的
是我的一个朋友说的

此刻，夜沉如铁
每一扇窗户
都关得那么严实
好比一个个黑洞穴
我想把他们
一个一个地喊醒
让他们各自认领窗前的月亮

嘴，只是张了几张

没有喊出声
我倒不是担心有人把窗前的月亮
看成一块废铁
而是担心有人看见的
是一把明晃晃的牛角刀

我的身体里有早年种下的荷花

有人在挖池塘
个头最大的那个
力气也大
有几锹他用力过猛
把黑塘泥
甩到了天上
弄脏了几朵路过的白云

那是一口开过荷花的池塘
我曾在那里
钓到过我想要钓的鱼
这几天，多冷啊
这些异乡人
干吗要把池塘清空
难道是用它盛满一场大雪

黑塘泥湿滑、黏稠、沉重
如同沉积的夜色
我的身体里也有这样的黑塘泥
太厚，怎么挖也挖不尽
我的身体里
有早年种下的荷花
一直在黑暗的途中
它不盛开，也远离了凋零

星汉，原名张守贵。1964年2月出生于辽宁抚顺，祖籍山东省单县。作品刊发于《诗刊》《人民文学》《北京文学》等刊物。出版诗集《走着走着》《一闪而过》。曾获《鸭绿江》杂志文学奖及第九届辽宁文学奖等奖项。北漂感言：漂泊，对于一个诗人来说，是不可缺少的经历，也是一笔财富。

这地界儿的情怀（3 首）

华小克

哈酒！去那家小馆

哈酒去，哈酒
山东汉子的豪爽闪在蓝色屏幕
我嗅到了浓醇的香气
哈酒去，哈酒
红红的高粱酒，大碗端在手
——千百年的齐鲁遗风
从济南吹到北京
滴酒未饮，我的心已经醉了

盼着……盼着……
终于，与你携手走在酒仙桥北路
脚步趔趄，眼神潮红
是“酒仙”之灵借秋雨淋在心头
还是情深深未见杜康人已半酣
哎哟喂，怎能理清这个中缘由
我们一起去哈酒

哈酒，在“那家小馆”临窗而坐
举起燕京纯生
两朵阳光般响亮的色调
迷醉了，雨色朦胧中的目光
多少次的举案齐眉在梦里回转
多少次的红袖添香成为远逝的期盼
哈酒吧，哈酒
杯身轻轻一碰，心就没有了距离
思念和怀想一起融入血液
阳光般的味道，酒肆这边独好

朝阳夜，“彩虹”飞

独处高楼，窗外

垈头路上的灯光向东四环
绵延成一弯彩虹
指上的香烟
在眼前忽闪着亮光
迷醉感随烟雾缓缓升起
我，和虹
一起构成暗夜中的美景

深潜一隅，网别时
你温情的话语
从背后向面容徐徐围拢
天凉好个秋
要防着丝丝缕缕的寒意
你温柔的双手，仿佛在身后
拥我步入了梦境

每当夜幕把天边的缝隙遮严
无数灯光一起点亮黑暗
繁华似锦的北京
脊背上呈现火红的质感
你来，和我
一起变成夜晚的精灵吧
踩着这漫向天边的霓虹舞蹈

角门西，一个月的纪念

心慌，慌慌然的期待
挥别，挥挥手的泪眼
留在一个月前的这一天
角门西，地铁站
4 号线开走的隆隆声还响在耳边

你说，“让我轻轻地走
请不要再送……别到北京南站”
是的，我们要像止血一样
止住离别的悲伤
4 号线开走，我猛然背过脸
低头，对着自己的脚尖向心沉默

京城漂泊数年
多难的事情未曾让我落泪
听这惜别的轮声响起
眼睛勾起心头浓烈的酸涩
我落下了，久久挺着不落的眼泪

是为短暂的相约难过
还是为爱情的萌生欣喜
把复杂难言的情绪留在角门西
提起脚步，换线
任凭轮声向更远的远方，走远
只将这份真挚的情感藏掖在心田

华小克，本名董英，女。2002 年来北京，北漂至今。20 世纪 80 年代先后毕业于吉林化工学校、东北师范大学。早年在中石油吉林化学工业公司从事技术管理，后于《演讲与口才》刊业集团任编辑、记者。从 20 世纪 90 年代开始发表文学作品。已出版专著《幸福奇迹》《名师高效教育启示录》《领导者掌控全局的说话方略》等十一部。电影剧本《女魔术师》，于 2017 年 9 月获第 26 届金鸡百花电影节创意奖。电影剧本《金荷花》，于 2018 年 1 月获“首届中国工业文学作品大赛”专家推荐作品。

最初的愿望小曲
安琪 2019-5-26

北京是个好地方（5 首）

张绍民

在北京成为一个小小的逗号

在北京，成为一个小小的逗号，
发芽，说出绿，
说出泉水。
小小的逗号，携带自己的甘泉，
长出一根光线，
充满水的光线多么快乐。

把老家一次次快递到北京

快递几斤故乡到北京，
属于日常生活的动词。

快递故乡的茶叶，
把故乡的呼吸也快递了过来。
在故乡的茶叶身上，
听到故乡的呼吸依旧那么新鲜。
故乡的树叶快递到了北京，
北京就绿化了老家，
老家也绿化了京城。

还有什么剁辣椒、火焙鱼、花生黄豆……
这些老家的一笔一画，
这些老家的偏旁部首，
它们被快乐地快递来京，
它们说着老家的方言，
寻找老家在京城的同样方言的舌头，
这样的寻找与接上头有同一种开心。
其他省的弟兄姊妹，
就用老家的剁辣椒辣出你的眼泪，
友谊也可以用剁辣椒造句造出的快乐眼泪，
作为墨汁来书写。

为什么老家的土特产一次次快递到北京？
因为它们也喜欢北京，
喜欢在北京说出自己的方言滋味。

在北京获得比在老家更多的朋友

很多朋友，在北京认识他们的呼吸，
北京是一个博大友谊的介绍者，
介绍很多友谊给我们作为生命。
这些友谊的声音，
这些朋友的动词，
都绿化了日子，
绿化了人生。

在北京，经常各个省，
坐在一张座子上聊天。
每一个省的方言，
经常从不标准的普通话撕开一道裂缝溜出来，
在我们耳朵里，
踩出很多方言老家的脚印。

在北京互相帮助的字母与笔画

在北京，有一群外省朋友，
来自各省各地的目光、声音、呼吸，
在日子里互相呼应，互相帮助。
手帮助脚，
耳朵帮助眼睛……
能够互为肢体，
谁也少不了谁，
互相搀扶，
互为彼此的动词，
甚至互为呼吸。

一个人的动词出现了困难，
大家就一起给这个人的动词帮助。
爱，在每一个人身上，
都储备了笔画、声音、呼吸……

在北京，要进入这个词

在北京，不能自己一个人形成一幅画。
在北京，不能自己一个人形成全部的生活。
在北京，要进入一个词，
就能好好生活。
要进入这个词，就要携带自己最明亮的目光，
要舍得拿出自己的汗水，
要拿出自己更多的微笑，
去进入，成为组成部分。
这个词，就是“爱”。

张绍民，20世纪70年代初出生，在北京二十年。短诗《从前的灯光》《房租》广泛流传。“饭碗一翻身就成了坟”等诗句被广泛引用。1997年参加青春诗会，出版长篇小说、诗集以及诗歌解读等。北漂感言：在北京成为坐下来的一棵树、走动的一棵树、奔跑的一棵树、生命树。大家都成为树吧，多好的生态，多好的绿色，多好的呼吸。

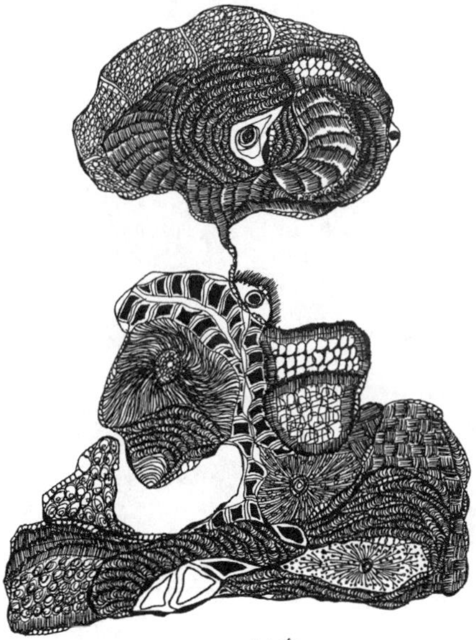

世界尽头与冷酷仙境
安琪 2019-7-19

在城市的大雨中（3 首）

朱家雄

冬

冬天冷飕飕地包抄过来
这些人都及时地离去
空荡荡的房间
只剩下这孤独的一个

唯一的伙伴神情颓败
在对面和我吸同一牌子的劣质烟
我喝酒时
镜中人也拿起了酒瓶

烟在我体外舞
酒在我体内舞
风在窗外狂舞
我在室内狂舞
冬寒何所惧
我醉酒痛歌一人当

昏死中终于酒退神归
镜中的尊容模糊不清
猛然抽镜中人一记耳光
他的脸面这才清晰了

严冬的寒光依然在窗前闪耀
未来的日子依然不能预卜
一轮鲜红的太阳却已升起
它从清晨的迷雾中冲进我的胸膛

哥们

哥们放肆地吐着烟圈
得意扬扬地聊天

其实心里很苦恼
哥们无所顾忌地开玩笑
笑声像顽皮的孩子们
哥们跑到夜色的野外
放荡地笑
哥们是一群快乐的青年
哥们共处一种境遇
同是又愁苦又丰收的流浪汉
哥们的心里
埋着别人不知道的情绪

在城市的大雨中

这一年天上的太阳格外辣
这个夏季天空中的雨水特别多
我旺盛的梦想枯萎了
我火热的情怀被浇灭

在烈日的暴晒之后
在大雨的浇泼之后
我耸峙在生存的峰顶
四顾一片茫茫

在雨水和山洪冲积出的汪洋中
我的郁闷是一只零落的船
在都市拥挤的钢筋水泥中
我的狼狈是一头饥渴交加的困兽

我在峰顶愤怒地向天空叫喊
那有力的姿态
像我内心的闪电跃出身体
像我在午夜街头的一阵狂奔

朱家雄，男，生于1971年6月。中国作家协会会员。出版有长篇小说《校花们》、小说集《毕业前后》、文集《未名湖畔的青春》。发表诗歌作品百余首，散见《诗刊》《中国作家》《北京文学》《十月》等。北漂感言：北漂是对文学理想的求索，是对人生价值的追寻，是对中国梦的守望。

请让我优雅地堕落（2 首）

紫穗穗

请让我优雅地堕落

我还是不会隐藏
不会在一座金子的塔尖受难
不会用古老的文字象形伫立
我管不住自己蜂窝的心
玲珑、透亮

密密麻麻的弹孔
任蚂蚁和野蜂　进进出出
一点一点　蚕食
并搬走支离破碎的躯壳

你笑吧　笑我无用的肉体
总试图抓住一场风暴　堕落　猎枪
正指向天空　校对记忆 0.01 的偏差
我是多么渴望拆开自己女字的部首
拆除其中已经软化的骨头和肺腑
拆除一场风暴后腐烂的田庄

现在　我就在原野的中心
雪一样优雅　一样辽阔
一样茫然的　白净
白　净

借我一点酒量

请给我金玉的生活
一把弧形旋转的飞刃
不要太慢　要飞快地切入
就像你喜欢的速度　杀敌无数

我决不喊痛　决不在一张

轻薄的纸面　落一滴孬种的眼泪
一次突如其来的破碎　水还在水里
泥胎已崩溃　“生命其实是碎的”

天黑了　风好大　我一再迷路
眼睛　找不到家　无辜的　空空的
我喜欢看路灯　和没有终点的脚步

挑灯看伤　酒是最好的良药
我只要你　借我一点点酒量
敞开我们的心扉
比一比这人类的骨头与血气

谁的吻
正在肉体里发酵　开出
邪恶　奢靡的花朵　而我正爱着
这金玉的生活

紫穗穗，本名梁文静，女，1971 年 7 月生，安徽芜湖人，祖籍江苏扬州，现定居北京。独立诗人。曾从事记者、编辑、主编、演员、金融经纪人等职。著有诗集《女人书》《我一直在奔跑》《它是一个开始》、诗话集《穗言穗语》。努力践行“写好诗、读好诗、评好诗”。北漂感言：所有的故乡，都在异乡的漂泊路上，重获一次次的诗意诠释与人性诘问……

流村镇长峪城村（3 首）

王秀云

祥征时若

薰衣草已经到来，高铁呼啸而过
圣意礼赞天恩
米兰叶上的河流
浩荡在昌平的四野

大清的吉兆至今闪耀
他人的欢愉也是我的欢愉
我到过的地方草木葱茏
我要去的地方果实累累
我信任汗水的诚信和脚步丈量的命运
信任亲手描画的天空和河流
云彩的意象至今最美

流村镇长峪城村

离北京的距离约等于离京剧的距离
老玉米的腔调有发糕的香味
七十多岁的孔祥林唱了一段社戏
他咳嗽了一下，清清嗓子
好像命运的音律又一次变化

邱常宝说起自己的父亲
被日本人在头顶嵌上铁丝
两个月的孩子没有记忆
可是他的脸真黑，皮肤真粗糙
他说起父亲被杀时的眼神
浑浊得像是整个昌平都在落泪

白浮泉

雨那么大，好像，你属于天空

京北大地的一切流水
都是你赋予的吉祥

你让菩提树在北方葳蕤
大雁飞过燕山的险峰
泽被天下的雨，被三环外的人一再咏叹

王秀云，中国作家协会会员，鲁迅文学院22届高研班学员。著有长篇小说《出局》《飞奔的口红》等，出版中短篇小说集《钻石时代》《我们不配和蚂蚁同归于尽》等。多篇小说诗歌散文刊发于《北京文学》《十月》《人民文学》《散文》《江南》《青年文学》等，多部作品被《小说选刊》《中篇小说选刊》《中华文学选刊》《小说月报》等转载。曾获得北京文学新人新作奖。北漂感言：北京让我知道世界有多大，北京让我知道世界有多小。

感恩（5首）

祝相宽

感恩

随一路春风北上
我的脚步踏上了
少年梦中开花的京城

自信，手里有一把饱满的籽种
自信，心中有万丈燃烧的豪情
自信，我的基因里
有庄稼的朴实
有泥土的真诚

感恩，给我千条道路让我选择
感恩，赠我一块土地让我播种
感恩，十年了，我的清河
我是你没有户口的孩子
一样的关怀一样的心疼

此刻，我正走在你的街道上
右边是绿树簇拥的橡树湾
左边是春风荡漾的五彩城
中间是赶路的我，前方
一轮红日冉冉上升

车票

这一年，我习惯了往返
习惯了一个人，奔走于
北京——老家
老家——北京

女儿问我，累吗
我说六十出头，还算年轻

就是麻烦火车了，多一个我
就多了一百五十多斤的沉重

妻子要给我加一件毛衣
我说不冷，心里有两个小火盆
一个在京城，四岁半的花骨朵
一个在老家，八十多慈祥的笑容

当我一个人坐在火车上的时候
手里攥着一张薄薄的车票
眼望窗外，听飞驰的车轮
把时间一秒一秒地碾碎
丢在风中

旅行

如果从生到死
只是一次旅行

这么多年了
往返于老家、北京

苦乐自知
一周一次轮回
上车即是新生

麦苗

在城里，一只精美的花盆
改变了我的姓名
和花卉们站在一起
看人来车往酒绿灯红

从低矮的乡村溜出来
远离了亲人和泥土
在城里，流浪不叫流浪
叫漂叫追求有时也叫梦

我现在的名字是绿植

绿是绿了，祖传的基因
让我很难植入
城市的风景

我懂得自己的出身
有时一身冷汗在梦中惊醒
我看见老家遍地金黄
而我独立村口，两手空空

蘑菇丁

在名贵花卉簇拥的城市
在釉面地板砖路的夹缝
我看见一株家乡的野花
我惊喜地叫着
蘑菇丁，蘑菇丁

锯齿形的绿叶如家做的衣裳
黄黄的花朵亮着乡情的眼睛
这让我想起没出过远门的母亲
头一回站在高楼林立的省城
蘑菇丁，蘑菇丁

是为了进城来看我吗
还是来找哪一位打工的后生
是怕我在城市的夜里迷路吗
还是为我照亮远在异乡的梦境
蘑菇丁，蘑菇丁

谁能惦记我们这些为开花而流浪的种子
只有母亲，只有母亲
谁能让我在这陌生的城市想起母亲
只有你，家乡的野花，亲亲的
蘑菇丁，蘑菇丁

祝相宽，河北青县人，中国作家协会会员。北漂感言：十年前随女儿漂进京城，往返于家乡与京城之间，算是另一种北漂。

我的一天（5 首）

孙艳秋

老舍故居

灵魂已不在肉体中
可橱窗里的大衣
似乎并不承认里面是空的

时间惯用各种手段
最坏的结果就是去死
凡是死去的
在幸福胡同的这个四合院里
还能复活

北平复活
茶馆复活
大衣里的精神和
老唱机里的声音复活
人民及人民艺术家
的称号一一复活

飞鸟

从树上纷纷落下来的
是一群又一群雀鸟
并不是秋天的叶子
从我体内飞落下来的
才是枯黄的蝴蝶
而不是惊诧的飞鸟
它们奔赴树下
完成各自的使命和心愿

叶子或鸟儿
在练习闪电与速度
在偌大的天坛公园

在 800 年树龄的柏树林里
鸟儿刻意压低翅膀，低低飞过

柏抱槐

一只鸟儿无意间的一次觅食
将槐树种子播入柏树树洞
从此，种子在千年柏树内部萌发，生长
成为一棵百余岁的古槐
两树相拥依存，健壮生长

我中有你，你中有我
我是你的肉身，你是我的泥土
我拥抱着你，你拥抱着世界

渴望成为你身体的一部分
已经很多年了

博物馆的一幅画

由无数蝴蝶翅膀摆拼的一幅画面前
我没有感觉到美
美的感觉被铺天盖地的疼覆盖
疼来自撕，扯，拽，剪，粘，贴等动作
来自
大对小的碾压
多对少的藐视
严寒对百花的欺凌

几千个蝴蝶丢了翅膀
正在安装假肢去往天国
而安上蝴蝶翅膀的人
却止不住从空中掉落

我的一天

在地铁限流区
我看见小跑的年轻人
似乎都长着翅膀

很像一只只想飞起来的大鸟

在车厢里
我发现了惯性与弹性
弹性是关门之前只要推和挤几下
总可以再上去一两个人
惯性是你不动，也可以
上下车甚至往前走

在人群中，再孤独的感觉
都会消失
每一个人似乎都是我
只不过是在个体和整体中间
来回切换

既然是复制品或印刷品
将来就有无数个机会重返人间

孙艳秋，女，1968年8月生，河北省承德市人，曾在河北钢铁承钢公司工作。已有作品发表于《诗选刊》《诗歌月刊》《诗潮》《女子诗报年鉴·2013年卷》等报刊，作品曾入选《中华美文·新诗读本》（第一册）等文集，参加过河北省第五届青年诗会。现在北京打工一年多。北漂感言：北漂就是浓缩的人生，能快速尝遍酸甜苦辣，对人生产生更深刻的认识和理解。喜欢北京，希望北京越来越干净，越来越包容，越来越精致。

诗醒了（3 首）

林夕子

格桑花

她矗立在高原上
她不知道谁会经过度她入殿堂
也不知道哪位少年会带她回家
她就那么静静地开着
为生命而歌唱

她不在都市的花园里
也不在大树的藤蔓间
她在雪域上
在风霜雪雨里
为了一刹那的阳光
将柔弱生长成坚强

父亲

还要走多久
才能听见拐杖颤巍的歌唱
再等等　再等等
骑在父亲肩上的小女孩
无论怎样奔跑
也追不上夜里疯长的白发

再等等　再等等
城市森林的孩子
唯有将咀嚼了千万遍滚烫的话语
在白水里放凉了
才能安放文字的灼伤

诗醒了

诗醒了
我还写

写给自己

酒醒了
我还醉
醉给远方

林夕子，女，生于1967年5月。原创音乐人、画家、诗人。有近百首诗歌作品，散见于报刊。北漂感言：北漂近一年，驻扎在宋庄，希望在这里能跟更多的艺术家交流、学习，碰撞出思想火花，寻找到自己的艺术语音。

门卫李哥（5 首）

项见闻

溯源

若有来生，愿作一条鱼
七秒的记忆已经足够
摆动尾鳍，便能把所有的经历遗忘

再不用怀念故土，到哪都能随遇而安
没有牵挂，再也不会被亲情缠绕
不再做梦，为一个又一个虚拟的目标
日夜兼程，给自己画地为牢

一生只做一件事
从苦难的尽头，溯流而上

蜘蛛

找一个僻静的角落，栖居
门前不必有菊，抬头不必见山
也不须记得住乡愁
有诗，有书
有方寸之地容身即可
织一张网，不是为了设置陷阱
狩猎，或用来捕获名利
这不是我的初衷
我只是想多画些圆，然后
确立自己为圆的中心
漂泊的人，大风一吹
便容易失去方向，找不到北
做一只极简的蜘蛛，为此
我曾这样设想过多回

生日

这一生，他们竟不知生日何物
一个漂泊的人
生，远比生日重要得多
火烧眉毛的时候
换上是你，也只能先顾眼前

从来没有人去问一只蚂蚁
如何生，又如何死
一如乡下的草，年复一年
绿了又枯，枯了又绿
人间春风浩荡，它们自生自灭

这些没有生日的人
它们把每一天都当作末日来临
又把每一天当作一次重获新生

一路向北

甚至清风，流云，常见的山冈
那些能叫出名字的
与叫不出名字的花朵
都是陌生

一路向北，所有的村庄，麦田
睁大眼睛，投来不舍的疑问

怀揣故乡的人，无论他走到哪里
哪里都不如他熟稔的故乡

门卫李哥

办公室、司机班，大家都喊他老李
他的名字，我们至今仍然不知
一个身份卑微的人
姓名也卑微得成了缩水的符号

“老李，给司机班来桶水！”

当对讲机里传来一声军令似的呼喊
他一跳起身，脸上却又透出涩涩的苦味

我一直喊他李哥，我想用这声
温暖，拉近我们的距离
可他还是一脸的谦卑，拘谨
像一只穿山甲，他本身不带攻击
却戴着厚厚的防护

其实他不知道，我的根也来自农村
我们都是乡下的两株草儿
身上散发着未褪尽的泥土气息

不同的是，我是一株质杆坚硬的茅草
遇到风，我能保持不卑不亢
他是一株茎细弱的细米草
分支，还容易随风飘摇

譬如，每次见到卸桶装水的大姐
我有空总会帮忙，他总会佯装不见
而一旦见到董事长来了
他又马上立正，敬礼。然后
抢在我这个董秘前面，为董事长拉开车门

项见闻，男，1970年11月25日出生于湖北。2013年8月来北京。湖北省作协会员。现为北京新发地董事长助理。作品见于《诗刊》《诗选刊》《诗潮》《星星》《人民日报》《人民政协报》等多家刊物及中国作家网、中国诗歌网等。北漂感言：“北漂”六年，一半是荣，一半是辱。一如我喜忧参半的生活。作为一个写诗的北漂农民，我说不清我得到了什么，又失去了什么。我的诗，是我北漂生活的忠实见证人。

骑行

韬筱白

生长了一冬的慵懒
被车轮碾碎在勇敢的路上
风　揉碎了五彩缤纷的梦
就撒在我身旁

黑色的腿部肌肉
撑破了内心的迷茫
在灵动的线条里
画着向往
生命本就不能像岸边的柳条
枯萎了还能抽条再长
只有奔跑
失败才会成为你身后的过往

一只飞鸟
陪着我向前
听它说
我其实是条鱼
你才是我的翅膀

经过了花园
压碎了田坎
惊走了山雀
冲破了风的墙
……
车轮上
我不是我
我是远方

韬筱白，本名陈千涛，男，土家族。1976 年 8 月出生在湖北省巴东县。当兵之前任广播站播音员兼记者，新疆武警退役后一直在北京工作。自幼酷爱文学。

森林与灯（2 首）

黄长江

本该跑得远的马

——写给属马的父亲

您是骏马您该奔跑
可是您生长的年代
和放牧您的奶奶的绊脚绳
把您绊住了
您的目标只能是
梦中才是远的
脚下踩着的永远是
那把自行车的链子锁

而这时您的心在飞
头脑的中心在飞
飞遍了祖国的河山大地
飞越了人类的上下五千年
这时您终于明白
打开自己脚下的锁
关键是要把自己的
子孙当成钥匙
当成一支支箭
瞄准后射向远方

您是一匹本该跑得远的马
带着风跑
速度应当比风还快
跑在风的前面
永远跑在风的前面……

森林与灯

一片森林
父辈们几棵树

十几棵树
组成一片森林
多么茂密的一片森林呀
让我穿越了半生

几年前
一棵树倒下
两棵树倒下
近年来又有树在陆续倒下
属于父亲的这棵
也在越变越枯
我也即将成为
那片树林中的一棵树
等待着火烧

我想其实
人就是一盏灯
亮了多久并不重要
重要的是亮了多宽
和熄灭之后
有多少人的心中
燃亮起一盏明亮的灯

黄长江，1975 年生，贵州兴仁人。20 世纪 90 年代来京。曾就读于北京师范大学中文系、老舍文学院等。中国作家协会会员、中国诗歌学会会员等。出版诗集《十七岁的雨季》《小炒诗歌》等。北漂感言：北漂其实就是在吸收丰富的社会营养。

仲夏（3 首）

王丁强

仲夏

这是纵情奔放的季节
如果期待清风摆弄裙角
或细腻地从指缝划过
那只是一种幻想
波涛汹涌的青纱帐
已把村庄围成一座孤岛
成群的燕子掠过地面
蜻蜓的翅膀释放出金属的声音
每一阵雷声　每一株绿树
都显示成熟
如果是浑圆的月夜
你的感觉也定纤尘不染
我无法分享这许多快乐
任夏雨敲击脊背
艳阳高照玉米开花时
纵身跃入清澈的深潭
流云飞泻时看云
远山含情时看山
暴雨之后的傍晚
站在七月的村边看水
也是一种难得的享受

垂钓

无寒江蓑笠，钓者悠然
含目独坐无名之水
任春风夏雨秋霜
喊喊喋喋，咬
那细细的线
竹竿斜挑夕阳
水中钓和岸上人

纹丝不动
不紧不松的线儿
不疾不徐的风
青山在水
钓者白发如雪
据说那河是空河
据说那钓者是盲者

夜歌

捉住话筒，就听见
你温软的声音
问我荷塘月色
那横窗的一枝梅
开了几许
梅花香时
夜夜有你的耳语
来啄清芳
无缘剪梅送你
只能掐一朵梅花
插在送话器上
梅下踏月
静静地想那歌词
悟你的禅心

王丁强，中共党员，北京鲁迅文学院作家研修班结业。参军三年，退伍后回乡任教三年。1994年开始发表作品。已出版诗集两部，散文集一部，剧本一部，与人合作出版校园文学集一部。中国诗歌学会会员、中国散文家协会会员。现任职于北京大红门国际会展中心企划部。

在北京城市副中心规划展厅（4 首）

蔚翠

滴着雨水的春天

下了三场雨了。虽然
第一场和第二场言语不清
第二场和第三场被一些犯规的雪
搅了好事
雨还是渐入佳境
整个春天，它都把雨丝
吐满了这个春心荡漾的天空

我还是走吧
有人在车站和影院秀恩爱
有苏醒的虫子露出触角
有果子被预言
春天不停地在一条河的怀里扭动

而我的孤独症愈加严重
在春天，一场雨水就是一次失眠
一条河流的苏醒，
我把它描述成
一次鱼钩狂欢的盛宴

白浮泉的记忆

白浮泉在昌平
它是 2700 多公里大运河的源头
从这里，开启了
船运历史的繁盛时期

绸缎布匹、粮油柴草，以及
平民的生活和官家的权势
都随着这一条河道
从南到北，再从北到南流淌

我不知道它的河水滋养了哪一个祖先
也不知道它为什么丰盈之后又枯竭
2019 年的初春，它缩小成一枚
石头做的遗址
与我面对面

九只白鸭在水面游
我们的记忆，总会在春天
被它们突然闯入
感慨多得令自己都猝不及防

拜谒都龙王庙

春天采风
我们到了昌平的都龙王庙
拜谒这水神的统管
新的描摹、旧的椽梁
以及斑驳的墙皮后面
隐隐约约的古代生活画面
以古朴的线条
从灰白的陈旧中显现

当时空带着它们曾经的痕迹
走远，情感的震荡
还是波及了门前玉兰树上淡紫色花苞
它们一边摇晃，一边膨出
赞美或伤感
都长成花瓣上柔润的线条
为春天散发馨香

在北京城市副中心规划展厅

我们一行人来到这里
看明天的样子
看见它从抽象的概念里走出来
既不招摇也不浮夸，用一些
恰到好处的激动
涂抹到我们最容易动情的地方
用规划的手指

摘出一个个鲜美的果实

科技的果实，使布局和构成成为经典
历史的果实，顺着时间的运河
抵达城市的核心
艺术的果实渗透每个精美的构思和建筑细节
将人的诉求和政治文化的功能
诠释到感动
在巨大的屏幕和模型与我们亲切对话的时候
我们脸上呈现出的惊讶与赞叹
与今天下午
北京城市副中心展厅里茂盛的绿萝
相得益彰

离历史的重要节点如此之近
如此幸运！
当我们站在它的台阶上合影
相机的咔嚓声里
我看见大朵的礼花正在将通州的天空
写满一篇篇比花更美的美文

蔚翠，本名魏翠萍，山西人，1965年生。中国作家协会会员，北京作家协会会员，中国诗歌学会会员。《伊甸园》诗刊主编，卢沟诗社副社长，北京诗社副主编。20世纪80年代末发表诗歌作品，作品散见于《诗刊》《人民文学》《北京文学》等多种报纸杂志。出版诗集《与自然的对话》《春暖花开》。曾获“东丽杯”全国鲁藜诗歌大赛二等奖等多种奖项。北漂感言：小时候随父母来京。现在，故乡的记忆渐已模糊。对于我来说，他乡与故乡都只是生存之地，而所有有爱的人与物都将深刻于心灵之中，随我行走人世。

看不见（4 首）

范秀山

看一轮满月

节日，既是一个约会
也是一场赌局
就像机缘巧合，谁也没有胜算
我所能做到的，只有等待

月有阴晴圆缺
这是石头运行的规律
出现或者消失
我掌握不了横冲直撞的思想
与社会中的沙子交谈、碰撞、相爱
都是为了埋藏一种颓废
而失落，总是每晚的下酒菜
这些年老去，生病，呕吐
都是在清风的注视之下
就像二月的枝头，挂着凋零

岁月如帆
看过涨潮的河流
许多不同颜色的水涌向一个脚盆
看见鲜艳的花朵
被夏天风干成一片片腊肉
看见丰韵的脸庞
被时间雕刻成山的形状
看见你我的爱情
总是活在一声又一声的叹息里

于是，我在一张白纸上
画上天空
用橡皮泥擦去乌云、星星、太阳
让一轮满月
毫无征兆地凸显出来

看不见

这些年，我一直患着眼疾
我总是在黑夜里读书
咀嚼着如石头一样硬的文字
我看见一些鲜红的血液渗透出来
但他们被黑色的文字所覆盖
我要做的，是收集夜色中的萤火

如同在黑夜中做梦
醒来后遗落了所有的情节
我尝试在白天里读书
但思维被喧嚣的声音绞灭
我想找来一支拐杖
敲诈勒索暗示中的门
但春光若隐若现
我不能回归到回归之处

这些年，近视眼和远视眼交替运行
脚尖过于清晰
远山却一贯朦胧

出差

这些日子
接二连三地出差
为父亲失去的土地坐上火车
为母亲的点点咳嗽搭乘飞机
为一些没有理由的理由出差
而风，是出差时的最大收获

坐上汽车
甩掉两旁的风景
在旋转中寻找一种平衡
腰，僵硬成一块石头
座椅，吱吱呀呀作响
就如头脑中藏着许多蚁虫

喝酒，胡侃、忽悠、唠叨
把走马的灯谜推向极致
座谈、开会
把骨头武装成坚硬的钢铁
忽然，在出差的路上
用一口鲜血
把岁月腌制成一种辛辣

北京，总是下雨

北京，一改往年的脾气
近段时间，总是不停地下雨
微雨、小雨、中雨、大雨、暴雨
以不同的面孔在不同的区域游荡
街上，有奔跑的人群
有拥挤的汽车，有无助的盲人
我在北京的街上找不到伯乐
总是离着一把伞的距离

间断，有天空的怪兽发出吼叫
抑或激光的鞭子抽打灵魂
雨中的叶子在低眉，花朵在擦泪
我呆坐在窗前，固守着自己的围城
用偷窥的眼神
在指缝之间观察那一分新鲜
偶尔飘过的风
把心扉吹开一个小孔
我固执地站成一座雕像
渴望雷电再次降临

范秀山，男，1962年7月15日生人，2004年8月从湖北天门市到北京工作，现为中国三峡新能源（集团）有限公司副总经济师，高级经济师职称。中国电力作家协会副主席，中国作家协会会员，中国诗歌学会会员，北京市作家协会会员，鲁迅文学院首届电力作家高级研修班班长。出版诗集《花语》《风的感觉》，作品散见于《诗歌月刊》《黄河》《绿风》《延河诗歌特刊》《山西文学》等国内多家报刊。荣获第二届奔流文学诗歌奖。北漂感言：北漂是一种机缘，让我得到了历练。

天坛（3 首）

刘剑

北京　向南方借一场大雪

看来北京要向南方借一场
大雪
冬季向南方延伸了三千里
大雪向北京后退了三千里
今冬无雪，那就向南方借

借三千两白银
开春还三千两黄金
树枝堆成冰封的海岸
根系藏于寂静的旷野

风擦干眼泪　皎洁的月光
不惜撕碎闪耀的火焰
阳光破土而出，海水身陷泥淖

破译发光的文字和季节的秘密
把立春当作射出去的箭
把萌芽当作一世的姻缘
在三千里冰冻的原野
我嗅出了青铜上的白鹤

深秋　去往香山的途中

当天空中布满乌云时
雾霾也会出来捣乱
红叶在朦胧中令人眩目
去往香山的路已被堵死

此时去赏红叶的人都是心灵美好
的人
他们坐在车里摆弄着手机

不再关注路况、如此淡定

染满红叶的秋风从香山吹下来
像一群久未回家的寄宿生
学习生涯结束
我不知道知识与风景之间还有多少
感官的距离

正像在这堵死的路上
我想着会有一些意外的收获
比如对一个人的真诚和对某些风景的真诚

情况如有变化
我们能否保持着足够的理智与耐性

天坛

坛墙森森，入内方知内外两重天
一场雪后，众皆释然
飞檐斗拱像谷穗一样沉重
江山如生锈的门环

一幅可展开的画卷，不会让你随便拿去
但可览读，可进入栖身、品茶
品书页中的孤独与安静

刘剑，男，居京皖人。1962 年 5 月出生于安徽省涡阳县。20 世纪 80 年代中期开始诗歌创作。出版过诗集《坚韧的水流》《微蓝》《他山石》《超验者》等。2004 年来京北漂。

黑暗是我燃烧的灰烬（2 首）

汪再兴

黑暗是我燃烧的灰烬

又是清晨，睁开眼的那一瞬
灯光，或窗外的星芒、月辉、太阳
都猝不及防，光芒涌入，如此浩荡
感觉通体反光，甚至耀眼地燃烧
连周遭的微尘，都光晕般迷人
左手和右手相互交替
如水的光擦亮每一寸肌体
血管里的血液，燃料般奔腾
强调每一块骨骼，必须坚硬
它们应该像某些矿石，在聚集

光鲜着出门，神采奕奕
怀抱无形的利刃走进尘世——
阳光从不曾抛弃每一片叶子
每一棵树都撑开了燃烧的火炬
不要看花，它们灿烂地笑
让匆匆的路人，眼睛刹那放光
今天，会是哪一个少女红裙飘荡
连透明的空气都汹涌着热浪
所以，停顿真不该有借口
走下去，总有更多的理由

我从来不会担心
火，是否会熄灭
余生很贵，每一寸都是光阴
走过风雨，哪怕黑夜
你也要在黑暗中挺起黑亮的背脊
举起燃烧的自己——
黑暗只是我燃烧的灰烬
每一夜，无数黑色粒子的包围
不过是孕育光明的新生

在睁开眼的那一瞬，又是清晨

坚硬的事物懂得风的温柔

坚硬的事物懂得风的温柔
就像冰冷的雪峰把风送上天空
一堆堆冰冻的石头，把风递过山口
沿着尖锐的脊线延绵不绝地起伏
越过残破的城垛，重重叠叠的高楼
想象高炉里的矿石熔化成滚滚的铁流
哪怕荒凉的戈壁，甚至浩瀚的沙漠
也还有胡杨木枯瘦的手，颤抖
鹰的钢翅始终扇动着应和的节奏

今夜，坚硬的事物也会懂得风的温柔
所以，我要再次贴紧你铁硬的胸口

汪再兴，笔名汪汪、蜀乾尔，男，1972年生人，1995年来到北京。北京作家协会会员、中国电力作家协会会员、中国书画家协会会员、中国硬笔书法家协会会员等。已发表各类作品百余万字，诗文书法散见于《人民文学》《北京文学》《书法报》等各类报刊。曾获全国当代诗坛力作选拔赛一等奖、全国唐诗宋词杯书法赛一等奖等奖项。著有《日出东方》《太阳神》《太阳的味道》《与太阳握手》等八部诗集。北漂感言：生存的意义就是，面对现实之后，还是得选择那个不得已。为了避免下一代重蹈覆辙努力爬回一线城市，再苦再难再凄惶，绝不逃离北上广。

忘不了

金红阳

当你踏进京都温榆河畔的皮村
这里有一个坐西朝东的四合院
她的名字叫：皮村工友之家
在这个“天下打工是一家”的院落里
涌出无数让人感动而忘不了的事件

忘不了
天上无数的飞机轰鸣
赶不走默守的许多、孙恒、王德志的坚定的信念
为了组建这个家
付出了钱塘江潮水般的激情
付出了广袤大漠茫茫的包涵

忘不了
雨素大姐肩挑两个孩娃
从长江之滨来到京城大运河畔
书籍是她们母女的精神食粮
窄小的租房是她们温馨的乐园
夜深了，您照看雇主的娃不能回家
心里却顾念着自己的娃没了妈
因您的坚韧、博学、奋斗
成功摘取了文学的桂冠

忘不了
来自长白山下的大哥——苑老师
60岁了，本可以退休，安享晚年
但您却发挥余热，热心助教
能文能武，诲人不倦
工友们美丽的容颜
是您义务理发的功劳

忘不了
那天晚间

许多老师为在工友之家做义工的莘莘学子
举办的送别晚宴
学子们用“金凤”“翠花”“二柱”称呼自己
并印在各自穿着的背心间
多么接地气的名字呀
连同院子里的一棵大杏树
都成了你们美好的纪念

更忘不了
社会上无数的仁人志士和无私奉献的老师们
“打工春晚”的成功举办
“文学小组”的蓬勃发展
“新工人艺术团”澎湃悠扬的歌声
无不浸透着你们的辛劳和热汗
在这里，我要大声说“老师们，辛苦了！”

忘不了
还有好多人，好多事
感动着我
激励着我……

忘不了……
忘不了……
忘不了……

金红阳，男，安徽省霍邱县人，2007 年 10 月北漂至今。北京皮村文学小组的骨干成员之一，曾有作品散见于“有故事的人”“澎湃新闻”等网络平台。北漂感言：为了生存，奋斗着，挣扎着，拼搏着。但热爱生活，热爱文学的一颗心火始终不灭。

五棵松，有一位爱美的大姐（3 首）

陈家忠

五棵松，有一位爱美的大姐

那是一位爱美的大姐
尽管她仅仅是打扫房间、收拾床铺的宾馆服务员
平凡又琐碎的工作掩盖不了她对美的追求

她在和我闲聊中得知我是期刊编辑的身份
就拿来一本写真集
那里面都是她的时尚靓照
她希望我把这些靓照发表在由我担任责编的杂志上
她说她要锁住那段青春

后来，我最终没有把她的靓照发表出来
她说，没关系
只要弟弟记着有这样一个爱美的大姐
在你心灵里发表
会成为永恒的记忆
爱美的大姐说这话很有哲理
怪不得时隔 15 年
我还能记住她

五里坨的白色的猫

那只白色的猫
在五里坨农贸市场失魂落魄地行走
犹如我在北京远郊失魂落魄的生存状态
我见到它时，它两只迷离的眼睛和我对望
这么一对望总有一种同是天涯沦落人的感觉

我俯下身来抱着它就走
那只白色的猫竟然泪眼朦胧
那时候，我稀里糊涂地待业在出租房里
每天和猫朝夕相处

有一天，我要到甘肃平凉市采访
我把十个馒头揉碎在洗脸盆里
另外盛满一盆水
锁上门就走了

等我回京已经和猫分别 1 个多月了
打开房门，我见那只猫
如同一支离弦的箭一般
从我的床上俯冲下来
那只白猫疯了
它吃光我给它留下的所有食物
饥肠辘辘后便扯碎我的被单和被子
然后从窗户逃之夭夭

影子

在阳光下或者灯光下
影子是我的孪生兄弟
和我紧紧相随
当我融进水，它成水型
当我融进火，它成火型

影子，我可爱的孪生兄弟
你为什么和我紧紧相随
你为什么不去傍大款
用醉生梦死去诠释一种生命
或者和一些衣冠楚楚者
在权钱交易中
去挥霍青春出卖灵魂

影子，我可爱的孪生兄弟
我只是颠簸红尘中的一粒尘埃
只是一无所有的诗人
难得的是我还有一颗良心
还有笔和稿纸
让我抒发爱憎

影子，我可爱的孪生兄弟

你是我心灵及灵魂的再版
当我有一天离开人世
但愿你站立成一块碑
碑上没有铭文

陈家忠（1969—），男，江苏省宿迁市宿豫区人。知名报告文学及传记作家、诗人。2000年进京发展，现为《电子技术与软件工程》杂志社执行主编，北京强国之梦文化传媒有限公司董事长，中国报告文学学会会员。1987年开始文学创作，已出版《诗歌精品鉴赏》《小说名著导读》及长篇传记文学《为生命喝彩》《经络巨子——祝总骧教授的科学人生》等。北漂感言：北漂近20年，我最大的人生体悟是灵魂和肉体得到一次酣畅淋漓的放逐，经历的所有的光荣与梦想、眩惑与升腾，不啻为人生老人赐予我的最宝贵的精神财富。

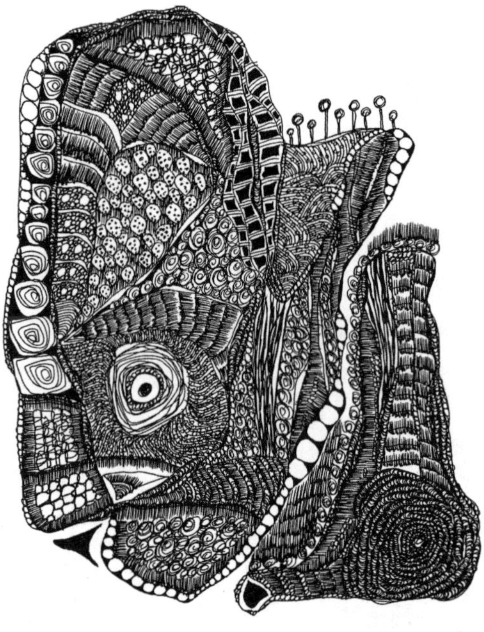

在石头里唱
安琪 2019-8-28

下在半夜的雨（3 首）

杨桂林

故乡的眼睛

从湖湾酒店出来
我扶着风，扶着深深浅浅的倒影
扶着小桥上荡漾的波纹
向北而行
迎面走来的每一扇窗户
窗户打出的每一束光
都成了故乡的眼睛

提到故乡，我们便绕不开胡杨
绕不开天蓝地广，长风浩荡
绕不开一碗羊肉黄米面，绕不开
一声嘶吼的秦腔
铿锵锵一落地，便是热血衷肠

而我幽居的这块土地，飞檐翘角，灯火辉煌
它们不能让我迷失
而遇到你，一声亲人
我便丢盔弃甲，落雨纷纷

下在半夜的雨

雨越来越大越来越密
比角斗场的鼓点还要稠密
一道光刹然划过
将更多的雨更大的雷送下来

草木碰撞着，战栗着
也深深拥抱着

坐在窗口的人，心生暖意
为这雨，这雷

这刺破黑暗的光
也为这草木，为它们卑微又勇敢的一生

领导出国之后

办公室有两张桌子
一张她的，一张是领导的
每天，桌子都规规矩矩
一尘不染
只是今儿，她允许它们杂乱
允许一朵花缺水
允许一个人趴在窗口看风景
允许一阵风掀起裙摆
并确保，这些被生活忽略的细节
无人知晓

杨桂林，生于1973年1月16日，甘肃金昌人。2016年开始北漂，现就职于北京某高职院校。热爱生活，喜欢诗词、散文，喜欢在文字的世界里诗意地行走，记录生活点点滴滴的感动。北漂感言：北漂对我来说是无奈更是挑战，山重水复疑无路，柳暗花明又一村。三年时间，我发现自己越来越爱这个城市。

未被命名的图景
安琪 2019-7-12

注视（2 首）

适凡

注视

也许胶的粘黏是自己对自己的注视
这样一种相互连接使我想起了事物和倒影的关系
于是乎，我又看到了自己远去的青春
从吊环的圈里都能看到美丽的眼睛
仿佛声音的回荡都能变成一棵树的年轮

静止的沉默的人其实举着很多手
就像水里的草和站台的风
静止和流动都会是一场青春的别离
在旋涡里经历一次赴约，一辆车的背影
和你的履历都布满了漂泊的锈迹
好像有人在喊你，也可能是在叫别人
有时候我们都会自己也不认识自己

栏杆对玻璃里的投影许久地凝视
并不是陌生和陌生的碰撞
只是投影还不理解实体的疼痛
就像实体无法跟投影阐明一场离别的起因和结果
你若不明白匆匆的脚步声是人生的宣言
那些背影如流水，那些眼睛如浪花
而各种方言就像水底鹅卵石和鹅卵石

反光

光集中在那一块，像光在那被打了一个结
也许时间在那里有一个洞或一扇门
时时刻刻都散发出光明的光芒
它的影子因黑夜而漫长
那种影子伪装成了她手里的高脚杯和嘴角的血
在那灰白的平面色彩里正好是她人生的光滑
像门被漆上油漆，经过两个人生活的打磨

反光处被白天磨得更亮，亮到所有的疼痛都忘了黑夜
我最不能忘了黑夜，我怕忘了黑夜
就会产生白发、白胡须，甚至白眉
也许三岁就已经反过一次九十岁的光
童年或老年，互相反光并照射
也许白天正好是黑夜的反光
不像钢管把反光拧成直直的一条
那条反光接近于一条新的钢管
也许这正好是钢管最想要的样子
就像我打开灯为屋内的黑夜整容
借着反光给书上的汉字手术或植入
直到李白或东坡在我心灵上反光
我就完成了一次唐朝宋朝之旅
在烟波浩渺的海上，我以我为舟
我按着我发光的位置行路
我又推开我的水和我的波光粼粼
到达一条最终的海岸，不成为谁，不掠夺谁
像一处反光，只和自己争战，战胜自己

适凡，原名闵慧。中国诗歌学会会员，温州市作家协会会员。从事新闻媒体工作。有作品散见全国各级报纸杂志。出版诗文集《应不是人间》。2011 年开始北漂。北漂感言：我是一个乐天安命的人，无论生活给予我什么，我总是这样对自己说：“一切刚刚好！”所以北漂在我这里，总结起来就两个字：还好。

我们都是春天的孩子（4 首）

李爱莲

空墓碑

香山的脚边，躺着一片墓地
在靠近墓地的春天
活着的人用心捧着一束玫瑰
寻找着那块自己的空墓碑

每个被墓碑框住的照片洋溢着笑容
女儿看上去更像是母亲
姐姐看上去更像是妹妹

每座墓碑像是未打开的信封
一张便条，一把钥匙，某个号码

空墓碑，独自忍受一处空旷
不动声色

我们都是春天的孩子

被阳光最后的光辉照着
零星的迎春花在路边垂着
她金黄的春天

此刻，我离你很近
虚设一些或红或紫或白或蓝的花朵
解禁一颗露珠回到你的眼睛
叶子上只有大片的阳光
轻轻地晃动

顺着脱鳞的鱼身摸到新鲜泥土
根在泥土里相爱
我们都是春天的孩子

石峡关

看山，也看水
常常穿过屋后那片密林
熟悉山路的人，在这里也容易迷失

离开人类，眼前一无所见
这里除了树还是树
到处都是它的落脚之地

几处落雪，枯叶堆积
遍地泥泞，未有人迹
大地把最好的位置给了它

水阻挡水，山遮掩山
树还原天空，树铺设大地

我学着树的样子
铺天盖地，爱着人间的山水

五月最平静的日子

浓雾细雨迷蒙，太阳遮住脸继续小栖
房东叫醒我们，明天到来之前必须搬走
时光不会停歇，春天没有开放的花朵被夏天的芳香牵引
我们在春天搬家，在夏天搬家
我们像蜗牛一样在搬家

儿子说树木从长大到老
只向天空找到了一条猛跑的路
我们伸出左手伸出右手
天空会不会给我们一个最大的拥抱

李爱莲，宁夏西吉人，1974年出生，1998年来北京。中国作家协会会员，中国诗歌学会会员。作品散见于《诗刊》《诗选刊》《中国诗人》《飞天》《六盘山》等，作品入选《中国百年新诗经》《中国年度优秀诗歌2017卷》等选本，出版诗歌合集《六闲集》。

最美的风景（3 首）

李金龙

思念一条河

我在秋天里思念一条河
一条抓泥鳅的河
嬉水的河
小溪河
任四季
浸泡在雨季
触觉被潮湿包浆掉
忘记着流淌岁月的荒凉
含混如斯转合之间
已如来处
秋水淫淫奕奕
洗净多少庭花
归去，尽要不得苍茫
要不得苍茫
在秋天里思念一条河
一条系不住任何舟的河

最美的风景

1
最美的旅途，
也许包括划过大地。
远处的山，近处的田，
邀请我的检阅。
山上的大树，田间的电杆，
在河流的蜿蜒间，
守卫着这广阔平原。

2
麦田的柔荑飘成一片，
在没有守望的无知中守望，

玉米的花粉热情地飞舞，
稻花香里有丰年，
依然没有玫瑰的美艳，
但是，她们，
坚定地绽放在这芬芳的平原。

3
擦过每一朵花的笑脸，
我仿佛看到蚩尤的头颅砍落大地，
霸王的血倾入江中，
握着长矛的手骨，
嵌着子弹的头颅，
默默地藏在泥土里，
喂养着每一棵秧苗，生长，
让她们排成一片接着一片，
呼吸在这动人的平原。

4
也许每一株高粱都喝过一滴血，
每一粒谷子都吃过一块白骨。

5
最美的风景，
可以是血枫林，
也可以是雨洗着麦田，
守望在这生生不息的平原。

有一种美叫看见安宁

台风不来
你的眼睛不开
鱼的港湾是海
船的港湾是离开
满载而归的夕阳把船刻画成帆
把海刻画成水
把人刻画成收获者
把鱼刻画成肥美
一切不是如来
平常的日子，有去无归

台风来时
你的眼睛来自千里之外
当狂风卷着巨浪的时候
一切归于平静
船归于船
海归于海
人归于人
鱼归于海
夕阳归于夕阳
你的眼睛
让这疲倦了的海湾
归于夕阳里
一刻永恒的宁静

李金龙，1989年出生于甘肃省静宁县，2009年求学来天津，从此游走于京津冀，毕业后留在北京工作生活。2007年开始诗歌写作。2019年联合主编《故乡》《我的父亲母亲》等作品集。北漂感言：人生有许多选择，哪里来无法选择，但到哪里去、在哪里停留是我们的选择，选择了北漂，那就更好地生活。

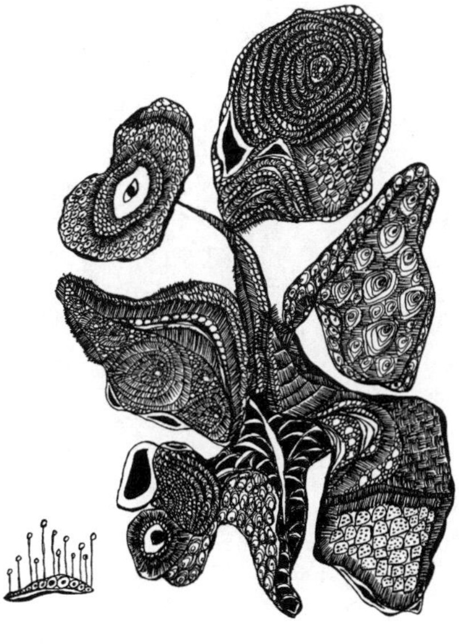

像夜晚一样摇摆
安琪 2019-5-28

路灯下的姑娘（3 首）

唐纯美

路灯下的姑娘

夜，渐渐地深了
温凉的空气里弥漫着槐花的清香
悄悄地点燃了炙热的心房
轻柔的风儿阵阵地荡漾
大街上行人稀少
看不见来往的车辆
路灯下坐着一位美丽的姑娘
身穿一身白色的衣裳
纯澈的眼眸透着淡淡的忧伤
灯光映照着她清秀的脸庞
长长的丝发垂在双肩上
就这样坐在路边的台阶旁
楼群的窗口倾泻着炫耀的光亮
零零散散的是亲人关爱的模样
姑娘的脸上一丝微笑微微荡漾
从家乡来到异乡
就是一场心灵与身体的流浪
阵阵槐花的清香
四溢着微茫的夜光
她蓦地站起
拍打着蒙尘的身上
然后走向灯光的深处并派送希望

那年春天，在老家

那年春天
一个人安静地在老家
乍暖还寒，有些冷
热炕、窗口、看房顶
颓然的日子里，老家款款把我收留
通常在晴朗的天气，大门口会放一把土色的大圈椅子

坐着
有风吹过，轻轻地眯起眼睛
尽情地享受，风吻我脸颊的片刻
燕子未来，只有麻雀陪我聊天
我轻轻地对着麻雀“啊，啊，啊！”
它们不耐烦地大声说：“啦啦啦，干什么呀？”
我说：“啊，啊，啊”
它们又说：“嗒嗒嗒”
黄昏的时候，院子里被罩上了一片迷蒙
云彩，绯红绯红
恍然入了梦境
此时的村庄在晚霞里上妆
好似害羞的美丽姑娘
静静地望着远方
氤氲在乡土气息里
像绿色的植物一样，终于有了勃勃生机
红光满面，气定神闲
小小的病痛
竟跑去了天边

夏日的清晨，有风掠过

清凉的风从绿叶间隙翩翩而来
叶子欣喜若狂地拉起了晨曦的小手
欢快地舞动了起来
点点的金光跳跃着音符
一闪一闪，真的好耀眼
乐章、乐章……
让人真的想歌唱
浑身不禁舒服地打了个战
阡陌交错的田野小路上
青青的草儿在含笑迷离
露珠儿甩着大鼻涕
啪嗒啪嗒，在风中嬉戏
湿润的空气飘荡着生机的气息
远处未成熟的玉米像个卫士
个个手拿红缨神器
一阵风儿又袭来
心里十分地凉快

就这样，成了静止的状态
树上的蝉鸣，吱吱吱
地上的蚂蚁，在群居
于是，我忘了呼吸
眼睛直直地望着远方的路基

唐纯美，原名唐学军，山东德州人。生于1971年8月1日。自幼爱好文学，曾做过英语老师。2013年初春来到北京，现从事教育工作。系皮村文学小组成员。北漂感言：因为北漂，激发了很多的写作灵感，同时，也结交了许多的好朋友。所以，有闯荡，就有收获！

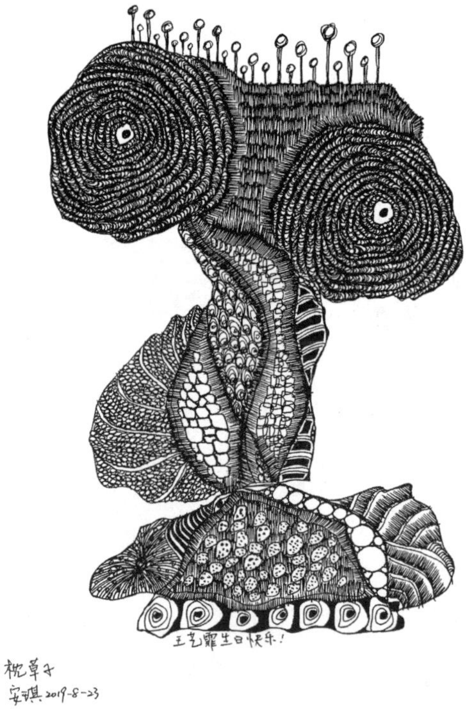

迷你小青菜（2 首）

祝雪侠

迷你小青菜

青翠欲滴
散发着独有的清香
种子的力量
神奇而有生命力

见证你长大
从种子进入泥土里
到发芽长出小绿叶
每天小惊喜

我看着你就像你看着我
养眼的绿
净化我心灵
用心感受你的呼吸

长大了不舍离去
这盘小青菜
我不知今晚做怎样的晚餐
才能配得上拥有你

微笑如一朵花
留下轻轻不舍
采摘姿态曼曼比我优雅
她温文尔雅的样子怕弄疼你

翠绿让我欢喜
我在脑海里刻画你
一帧翠绿的镜头
在我心底留下深深回忆

钱塘江的夜晚

如此迷人
钱塘江的夜晚
波光粼粼
伴着璀璨的灯光

这会儿可以写诗
可以对着海面大胆想象
清风一缕
秀发飘逸

梦幻杭州星光点点
很想畅游
让灯光一起跟着漂流
江面上的小船儿荡悠悠

那束光一缕一缕
有些穿越
水面仿佛穿上了美丽的面纱
我一个人陶醉独醉

一点不想走
我看着江面
水看着我
呼吸深呼吸

清风拂面
今夜如此迷人
我想多待一会
没有方向感的我不会迷路

来杭州多次
第一次在宁静的夜晚
一个人走走
看看美丽的夜景

看看美丽壮观的钱塘江
此刻

感觉神清气爽
心情愉悦

想倾听一朵浪花的歌唱
可是湖面
和我的心情一样平静
不舍离开

钱塘江的夜晚
美了醉了
让我在梦里
与你相伴

祝雪侠，女，笔名祝雪，陕西咸阳市武功县人。系中国作家协会会员，第七届全国青创会代表，鲁迅文学院第十九届高研班学员。现为中国作家协会中国诗歌网事业发展部总监。先后在《中国作家》《文艺报》《诗刊》等报刊发表诗歌、散文、评论、报告文学等近一百万字。已出版诗集《雪舞花飞》、诗歌合集《文心中国》、主编文学作品集《楚韵南漳》、出版新著《祝雪侠评论集》。

三种认识的元素组合成新的调子
安琪 2019-4-2

儿时的伙伴（3 首）

满风民

漂流

水，奔跑
夜以继日
望不到对岸，
漆黑的夜
星星成群结队
闪烁光芒
黎明到来
风吹起冲锋号
疲惫的水
举起浪花
大声怒吼……

冬水

起风了，
水面被揉皱
委屈地，下拉着嘴角
哆哆嗦嗦被赶往对岸

温柔的阳光
在水里暴跳出
成群结队的火花
阻挡着水痛苦的逃亡

儿时的伙伴

房后，吱扭，吱扭……
虎子哥用四轮木板车
拉水的声音把我吵醒
随后就是继母的呵斥声
为什么拉半桶？赶快去扫地

我躲在被窝里眯着眼睛
看红彤彤的太阳把房檐上的冰柱
照得五光十色，好美呀
姥姥把热腾腾的早饭端来
我偷偷装起一个鸡蛋

我和虎子哥小心地
走在玻璃一样的小路上
他眼睛红红的，又没吃早饭
那年他八岁，比我大一岁
他吃着鸡蛋说，我们赶快长大吧

满风民，网名霸气的文雅、满月。祖籍山东济南，1967 年 6 月 5 日生于河北邯郸。现居北京东城。中国诗歌学会会员。诗歌发表于《诗选刊》《山东诗人》等。著有诗集天下诗网络《诗典》（1—3）卷。1999 年北漂至今。北漂感言：北漂一族是北京建设与发展中的主要生力军！

牵一次手，我们就站成卓尔山（2 首）

周占林

八宝河，遇到我的卓玛

这一天，八宝河像疯了一样
黄水滔天，激昂吟唱
再美的风景也开始塌陷
风缓，花浓，只有天上的云
渐走渐远
我在河岸站立成一株树
面对她的浅笑
就像回到了历史的久远
啊，我的卓玛

用比风还轻的温柔
划破我早已沉寂的情感
树木静止，阳光不动
只有无声的呼唤在我的胸中回响
八宝河，八宝河
只有一宝就足以让此生丰满

牛心山顶的雪
始终离我们很远很远
再多复杂的故事
都与此时的我们无关
我只关心
卓玛的面庞
沉寂的高原红
比所有的思念都要鲜艳

黑河在前方，沙漠在远方
我们的路还有很长很长

牵一次手，我们就站成卓尔山

还记得那一条河流吗?
奔向沙漠不回头的黑河不只有水
还有爱恨情仇
对面的神山阿咪东索做证
山顶的雪托起的白云做证
那匹红色的马儿
从梦中醒来，追赶着昆仑山祁连山的脚步
一朵小花悄无声息
只开放给这个恬淡的时刻

如果不是那片红色砂岩
我实在想不起来我身在何处
只想和你一起，在风中不动如山
轻轻地触摸每一缕风和阳光
把能说出口的语言
遗留在一草一花的世界
就像它们的脉络
呈现一种清晰和蓬勃

就这样，我们面对神山
把无比的虔诚悬挂
如果你不动
我便不会听见云彩走动的声音
牵一次手
让我们就站成卓尔山
用无限辽阔的胸怀
豢养数不尽的恩恩爱爱

周占林，河南登封人，出生于1964年7月，2003年来京并定居。中国作家协会会员，中诗网主编，中国诗歌万里行组委会副秘书长，《中诗作家文库》主编，中国现代诗歌研究院副院长。出版有长篇小说《一夜芙蓉》、诗集《夫妻树》《你坐在我的对面》《周占林诗选》、散文集《弄潮》《重返与超越》等。

在潮白河左堤路（2 首）

孙殿英

在潮白河左堤路

心急火燎的匆匆
还是没抵住左堤路的诱惑
没挡住车停下来
一摇下车窗
簌簌的风就自头顶的树冠上落下来
由耳入心
落下，并弥漫丌来的
还有树的阴凉，时空的安静

这样停在潮白河岸
放下芜杂纷乱
平躺在静谧的京郊大地
我也成了一条河
清水漾波，凉风吹拂
我悠然着两岸的绿
远离闹世，隔绝红尘
享受着自由自在的快乐

淘金

河水穿过平原
继续流淌着
停不下的是我的手
捧着，摇晃着水底的沙
其间闪闪的金光
如夜空的星
清晰着浩瀚的夜空
也清晰着我的富足
我拥有整条河里的金
我拥有整条河

拥有整个平原
干干净净的平原
干干净净的河
干干净净的时光
都在我手里
慢慢儿，慢慢儿地流淌
闪着金灿灿的光

孙殿英，1968 年出生于山东省高唐县。1996 年开始北漂生涯。有诗歌作品发表于《北京文学》《绿风》《诗选刊》《诗探索》等杂志。北漂感言：北京是个梦，我是追梦人。

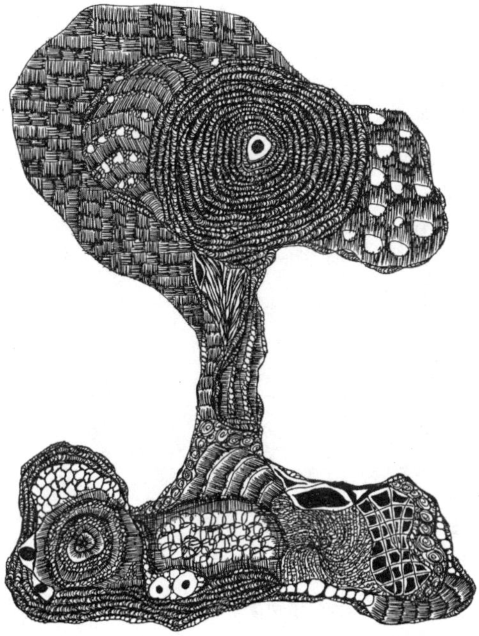

独自站在某个秋天的下午
安琪 2019-8-29

在北京看望老乡（2 首）

孙清祖

在北京看望老乡

在异地遇见老乡就像见到了亲人
坐两个小时的地铁去看望也不嫌远
两个老男人哪来那么多的话题
不知不觉就寒暄一个通宵
仿佛老家的任何事情
在他乡谈论起来都成了乡愁
每说到一个话题都觉得格外新鲜

再次登上天安门

我已经多次登上过天安门
每上去一次，都有每次的收获
在拾阶而上的那一刻
我的脑海里就思绪万千
多年前还是一个遥远的梦
如今却一次次地变成现实
每一次都是不一样的感觉
仿佛眼前的什么都在变化
天空变得更蓝
熙熙攘攘的人群更像锦簇的花团
每一朵都生机蓬勃

孙清祖，男，1966 年生，甘肃榆中人，现居北京。甘肃作家协会会员。作品散见于《人民文学》《飞天》《中国作家》《扬子江诗刊》《北京文学》等。著有诗集《春风敲门》。获得多个奖项，并有文字被译成外文。

漂在北京（3 首）

周步

漂在北京

据说在这个城市里
混到吃挂面的地步，就算贫穷潦倒了
我正属于此列

从中关村走过　在天安门穿过
我却一点也不感到自卑
就像从地铁口出来　在天桥上经过
看到那些流浪的生命依然顽强地生活
我不敢轻视他们

生命如潮起潮落，人生如花谢花开
我不能因一时的失意，就怨恨这个世界
或者就此沉沦下去
我必须做到的，是每天穿上整洁的衣服
气质昂扬地
和这个城市保持一致

金源时代购物中心

这是大时代的商业中心
那些精美的商品让人怦然心动
一个时尚女孩走过，让我感觉到自己还很年轻
而我，总是在不合时宜的时刻
想起我远在家乡的亲人

想起那片焦渴的土地上
我的父老兄弟
他们面朝黄土，汗流浃背，面色如土
他们的生活一贫如洗
他们的理想让人吃惊

想到这些我的心就隐隐作痛
是我不该一个人出来，浪迹天涯，远走他乡
还是他们应该和我一样
义无反顾地抛弃一切，出来闯荡

人生是个耐人寻味的过程
不能用金钱的砝码丈量等衡
就像我，有好多事情满足了
却不能守候在父母身旁
他们厮守着亲人厮守着温情
却又满含期盼的眼神……

西郊机场

住的地方离香山不远
就近的地方，是西郊机场
在我每天必经的路旁

早晨我迎着朝阳而去
傍晚我披着彩霞归来
生命是一条河，却无声无息地流着

那是冬日的一个早晨
我依旧在机场的旁边踽踽而行
一阵轰鸣的巨响由远而近
顷刻间，银色的神鹰飞上了天空

那是多么激动人心的时刻啊
那是振聋发聩的声音
那是一飞冲天的力量
那是男儿的激情，让血脉偾张

——于是我想
一个没有生命的重物，都能够冲天而上
人生还有什么不能实现的理想

周步，甘肃山丹人。2002年底来京并居住至今。作家，诗人。中国旅游文化网总编。写作题材以西部历史散文居多。

坐高铁出行

王发宾

乘一列客车
如同追问一条闪电
落下站台的一刻
惊起了一串明天

闪烁的窗口
载着几代人的梦
脚步奔涌成春风
时间缩短了大地的里程

列车后面的白云
眺望着，一阵一阵发愣
不是列车无情
而是速度改变着时空

王发宾，1952 年 2 月生。呼和浩特市人。2016 年开始北漂。北漂感言：北京是一个追逐梦想的地方，无论从事哪种工作，它都可以磨炼人的意志，提升人的想象，把生活打造出金色的光芒，在人生的路途上照亮自己的心房。

竣工帖（2 首）

攀峰

竣工帖

连日里绕着她的身子打转
生怕她的身体哪儿不适
前前后后，左左右右
地围着她
昼夜为她描眉化妆
众目等待着

盼望着这一天
而又害怕着这天
仿若我们的闺女
出嫁前，即将与我们道别
将细心照料的
大家闺秀托付出门

姐姐，我们共享夜幕降临

从黑夜到黑夜
在高挂明月的星空里
我们共同厮守着寂静
孤独厮守着孤独
我们一同向山川致敬
向花草昆虫问好

夜色下飘荡着远方的思念
唯有枕着你的名字入眠
姐姐，我们共享夜幕降临
独自享受着孤独的自己

攀峰，原名王攀峰，1986 年生于河南太康。2007 年 7 月北漂至今。著有诗合集《七个人的诗》。北漂感言：从故乡到异乡，漂泊京城，深夜的北漂人，唯有抱着诗歌取暖。

古镇黄姚（2 首）

武眉凌

古镇黄姚

走在一千年前铺就的街道上
九万九千九百九十九块青石板
润滑如卵　凹凸如槽
我不相信它是一个小女人化身为鸟叼来的
我不相信黄姚的名字是黄姚两姓氏的组合
是姚江之水滚滚如黄龙而得
一定有一个或悲壮或美丽的故事
待挖掘
宁谧的黄姚 一定刻录着岭南跌宕的历史

也许听一支粤语歌
弹一曲桂柳琴
看一场白话戏
嗅一嗅满街的酱菜香
去进城的九个门楼
去古镇第一楼
去进士府邸
去八百多岁的老榕树下
听百岁老人摆摆古
去韩十八开的小店里
听他讲先祖的故事
你就懂了小镇
也就懂了岭南

在黄姚
我向一棵树致敬
那是一棵八百多年的古榕
不是因为
它倒垂的形状像龙爪
是因为枯枝被古藤怀抱的深情
老人说　爷爷的爷爷的爷爷看到的
就是这样的不舍

哦　两百多年了
我不相信风雨无力
我不相信地心无力
我只相信那深深的眷恋
感天动地

诗人安琪说
宋庄能唤醒她心中的野生艺术家
我说　能唤醒我的
是黄姚
峰丛古镇黄姚
是岁月
深藏在山中的碟片

为槐花建一个节

五月苍马山的槐花开了
我钻进槐花林里
沁槐花的清香
看花瓣飘落成槐花雪

飘落在小草的尖尖上
飘落在灌木的枝杈上
飘落在老牛的脊背上
飘落在碧茵茵的水面上

我把槐花插在头顶上
我把槐花捧在手心里

她是一朵暖心的花啊
在动荡的年代
瓜菜代的年代
谁不是眼巴巴地等待槐花轻绽
那甜甜的槐花汤啊
那难忘的槐花糕
暖了多少人的心
救了多少人的命……

无论走到哪里

只要嗅到那淡淡的槐花香
就回忆起小时候
妈妈做的槐花饭
沏的槐花茶
想起一起上树钩槐花的小伙伴
想起被树枝刮破的那件小花袄

槐花是一朵绽着乡愁的花啊
为槐花建一个节
就是为爱建立一个节
为梦建立一个节

草木有心，槐花有灵
愿苍马山的槐花
年年俏丽妖娆

武眉凌，记者、作家、诗人。北京眉凌文化传媒有限公司董事长、山东沂蒙书院创始人。

新年词（4首）

林茶居

不同

我说的不同，并非新旧、长短、高低、轻重之别
亦非颜色、弧度、视角的差异
善恶、美丑、贵贱同样无关
我说的不同，唯有在劳动与成长之中
才能辨识：是否伤害土壤，是否丰歉自如
是否粘滞于身份和技术
相爱也是劳动，在一所好学校一起成为好孩子
小学对家族负责
大学对时空负责
作为教育媒体主编，我要区分童年的被统治史
和青年的灵肉地理学
以树为师，学习挺拔、喂鸟、落叶纷飞
握住人世的声音：叹息与低泣，风和光的窃窃私语
大地的苏格拉底，在水的尽头
不谈自己的修辞，只敲响自己的钟
钟至少提示了七种时光：
直线，循环，分岔，静止，倒流，坍缩，折叠……
还有痛哭流涕的一页：书非书，天养诗

新年词

打开一本书
就是打开自己
为自己代言

什么作用了昨夜的梦境
什么就肯定了今天的山川
你一句我一句
相差无几

打开一本书

就是打开新年
满心欢喜

一片叶子

在山里，以何为名
在水边，与谁为邻
一片叶子
风雨中加强了风雨的修辞
一片叶子
她拒绝成为果实
她推开了物理学家的手
青黄相接，唤友呼朋
每一次落下都是飞起
时光流逝，时光也留下流逝的美学
在拐弯处指出新的道路
我所见过的自由落体
从枝头爬出，从早操开始

礼物

落叶，到达根，收集众虫的笔迹
数学开始工作，课堂上的孩子面目清秀
他假设了河，以水为模型，推导出一个海
渔家姑娘，远洋的水手
克制不住的蔚蓝的公式与修辞
诗把天搬进诗集
夜色把舞蹈退回给了劳动

林茶居，1969年6月生于福建东山岛。现供职于华东师范大学出版社北京分社，担任《教师月刊》主编。著有诗集《大海的两个侧面》、人文随笔集《大地总有孩子跑过》，参与编选《生命之重——中国百位诗人献给汶川的100首诗》等诗集、文集。北漂感言：诗是“虚心”，吸纳，转化，拓展，更新，回馈给世间以土壤、诗意与哲思。

贝加尔湖（2 首）

胡德斌

和氏璧

我带着三十年前的自己
来看你
依然有一丝忐忑
依然有一丝慌乱
你一个嘲讽般的眼神
就会打乱我精心准备的话语

我带着三十年前的你
来看你
我已老去
璞玉仍是当初般的温润美丽
在这个阳光明媚的日子
把完整的你还给你

贝加尔湖

走到贝加尔湖
让我们停下来
在寒流出发的地方
站成两棵树
遥望远山的积雪
静听河中的水流

让我们春天开花
秋天落叶
让我们越长越高
只为拥抱阳光
在岁月的尽头
让我们枯萎、腐朽
回归泥土

落到地上的果子
长出千千万万的树
长成无边的森林
像我们一样
守望雪山和蓝天

胡德斌，男，1968年4月出生于河北省临漳县。1993年来到北京，现从事自然资源管理工作。

想象-乐未来的玫瑰
安琪 2019-8-13

乔装私奔的音符（4 首）

孤城

蝴蝶酿

三杯蝴蝶酿下肚
四下漫漶的浮云，彻底变成
浮云

月光散放银饰，蘑菇房
柴门疏朗
在滇南，马鞍底苍山梯田间
在“我家田棚”
晓老炜颁布自家酿造的蝴蝶令

蝴蝶披星戴月
涌往我们体内，捉拿隐士
与狂徒

蝴蝶谷

有一些景致，需得柴刀开道
才可以相遇
循杯沿的喧嚣，容易撞见内心的空寂

这人世鹅卵石上站不住的光阴
统统随溪流逝去
人在这样湿滑、幽僻的所在行走
像一个错别字

草果茂密，红着心思，默许瀑布怀远
五线溪流空白
让我怀疑满山谷万千蝴蝶，都是
乔装私奔的音符

我家田棚

毛竹、茅草结伴对一豆灯光信守的
呵护
在苍茫里，煲心脏的跳动

杯子里的酒不急
人不急
蝴蝶谷成千上万的蝴蝶
有的是时间
把曾经春红当成揉皱的心情
熨平

泥鳅从集市返回，梯田里洗澡
风灯暖光慢慢亮
微微发烫
稻茬上挂着熟香
虫鸣四溅，都是哈尼腔调的寂静

棚外群山相对出——白云洗出的
笔架
恰好适宜放下余生
这支闲笔

老阴山的风

老阴山的风与老阴山
死磕

在山巅。嶙峋怪石，都拴着隐形豪猪
老阴山的风
撕咬着嗷嗷叫的空茫，混同
一事无成

没有掀动米戛的车
老阴山的风
又掉头扑向我

老阴山的风，终于在我这块温热的

外省的石头这里，发现了

松动

孤城，原名赵业胜，安徽无为人。中国作家协会会员、中国诗歌学会会员。现居北京，任《诗刊》社中国诗歌网编辑部主任。出版诗集《孤城诗选》。作品散见《诗刊》《人民文学》《星星》《诗选刊》《诗歌月刊》《扬子江诗刊》等。有诗作入选《中国年度优秀诗歌》《中国诗歌排行榜》《中国新诗年鉴》等选本并获奖。

他者的欲望
安琪 2019-8-30

转折（3 首）

张小云

转折

先是朝阳路到财满街左拐
送小乙和他女儿回家后
连续两次向右转弯
看着满月当空照下来
在上朝阳北路的一刹那
猛觉自己的今天就是转折
跟这路一样
平行着走
却上了一条宽而靓的大道

汉语加字之妙

细读李锋整理好的教学内容
才知道有些诗人的“来历”
黄海兮原来一直叫黄海
他百度自己结果全都是海洋资料
便聪明地在名字后加了“兮”字
我想起自己也曾利用汉语的权变
帮己帮人解决命名问题的事来

原来在原籍有单位取名恒升
叠韵平声，好，气势宏大
但到京城一查密麻麻一堆的恒升
什么新恒升金恒升东方恒升
能想到的人家全有了
怎么办？代办的人盯着问
中国恒升没人叫吧
这不行，违规
叫华夏恒升看看
唉，过了

蓝海

这世界太闹了
大家都有心求静
静心净心这是一块巨大的市场
传播智慧文化
才是当前最大的蓝海

张小云，厦门人，1999年来京。作家。作品收入《中国现代主义诗群大观1986—1988》《中间代诗全集》《新世纪诗典》等。著有诗集《我去过冬天》《够不着》《现代汉语读本》《北京类型》等。北漂感言：来北京二十年，对她充满感情。这感情来自各种感觉，来自时间的累积。当然，累积的源头是在北京遭遇到的各种各样的人——不管是老北京，还是籍贯外地但生长在北京的北京人，或是不断移动的北漂们。

九月的月光

相国

亿万年的风霜
把你洗得如此皎洁明亮
如同少女的眼睛
或者内心的善良

刚好是九月
我嗅到了露珠的清凉
就像那遥远的蟾宫
失去温度的桂花酒
还有
童年的故乡

我庄严地扶正额头的帽徽
用思念的气息
温暖孤独的清晖
把一身阳刚
融进圆里
悄悄分享被醉的时光

相国，本名陈相国，男，空军北京某部军官。现为中国楹联学会会员、中国硬笔书法协会会员、中央国家机关书法家协会会员、国家一级书法师、国家心理咨询师。著有诗集《另一种飞行》。诗词文章和书法多次参赛获奖并被典籍收藏。

转河

王永武

盲肠一样的转河，从高梁桥下穿过
在没有高粱花和西直门倒影的羁绊下
缓缓地流浪，拨动着京包铁路的琴弦
调和着城铁咬牙切齿的轰鸣
在京城偏僻的一隅，自弹自吟自怜

解甲归来的身影，在转河岸边徘徊
在没有军号声和硝烟味弥漫的环绕下
默默地生根，发育成北下关里的浮萍
净化着河道恣意流淌的污浊
在无人关注的角落，自生自灭自叹

脐带一样的转河，流进中年的躯体
在没有军功章和鼓掌声如雷的喧嚣下
悄悄地融合，同化成街坊邻里的面目
描绘着转河日出日落的风景
在纷纷落落的市井，自立自强自珍

王永武，笔名武丁，1976 年生于山东德州夏津，1992 年参军。2017 年转业到北京海淀区北下关负责转河管理。先后在《人民日报》《解放军报》《人民武警报》《解放军文艺》《中国武警》等报刊发表各类作品三千多篇，先后几十次获奖，有《青青的橄榄》等作品集出版。中国田园诗人协会会员，山东散文家协会会员。

南瓜的微笑

行赫

还记得那天　阳光明媚　清风暖袭
你捧着我前世的形骸　来到土前
弯腰　挖坑　掩埋
毫无仪式感地　我又回到大地
——它还是那般坚强和深邃
可这次　你仁慈的浇灌不再是我的泪水
黑暗中　我在向你微笑

世界暗无天日　那真是难熬的岁月
我摒弃视觉的本能
开始旁听虫与泥的对话
刚开始头脑还会不屑地嗡嗡作响
（它们何曾知道地上的世界？）
我努力分辨　比较　判断　甚至谴责
后来发现这一切其实无济于事
于是决定放下说服的愿望　开始聆听
终于　变化在没有抵触中改变
数着日子　我在向它们微笑

生活异常平静
我发现那种能产生喜悦的并不是聆听本身
正如之前让我困恼的对立感也不是痛苦的根源
是我带来的“我”
——我的经验　我的方法与模式……
是它们攀缘在千丝万缕的关系中
满怀着胜利者的渴望　倔强地生长
最终在纠结的呻吟中开出苦涩的花
原来　它们才是我痛苦的根源

从现在开始　单纯地倾听
——没有成见和观念　没有目的与期盼
我听到鸟儿在上面吟唱
——她们动听的歌声穿越黑暗投影到我的心田

我听见阳光温柔地敲门
——它将暖意送达给泥土只为迎接万物新生
我听见“我”的胚珠苏醒并颤动……破壳而出
外面的世界刺眼又清恬
我蓬勃地生长……花开果熟
再一次　你自阳光中缓缓而来
群蝉合奏　我在向你微笑

行赫，1966 年 4 月出生，成长于湖南与广东。1984 年中山大学电子系毕业后入职银行，2004 年游学北美，之后生活于广州。2010 年移居北京至今。从事艺术家代理以及绘画艺术自媒体传播工作，爱好摄影、诗歌。北漂感言：旅北十年，不知不觉。长居郊外，心宁气和。人间四季，浮光掠影。春花秋实，天地有情。

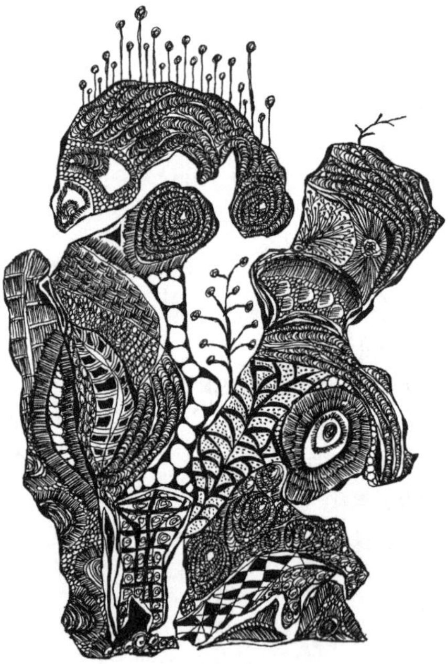

传递着相互的小闪电
安琪 2019-5-31

语言是一个人最难掩饰的身份名片（2 首）

张灵

语言是一个人最难掩饰的身份名片

我想再配一把门钥匙
马路对过
国华商场的后面
有一个和善的四十来岁的哥们儿
开着配钥匙的摊子

我在他那里配过一次
也聊过天
听他说话就知道
他是位地地道道的本地人
只是不知道什么原因
他的一条腿有问题
除此之外
他完全是一个阳刚帅气的哥们儿

我说了来意
他接过我的原钥匙
一边端详、处理
一边聊起来——
“你在哪个院儿租的房？”
我随口说：“就在对面！”
但我的心里愣了一下
在回答他的话之前

为了孩子上学
我是没有住在自己的房子里
而在附近租了房子
但他是怎么知道的
他一定把我当成了一名北漂
虽然我在这儿工作很久了
我的家就在北京

但这解释起来有点麻烦
而且更无这个必要

我想一定是我的语言
我口音中的方言的痕迹
让他做出了这个自然不过的判断
这叫我不由得感叹
语言啊
它是一个人最难掩饰的身份名片

这是什么歌

这是什么歌
我并不能听懂它的词

这是什么歌
它让我只想泪流满面
迎风立

啊，泪流满面才痛快
我多想踏上山冈
脚下踩过一道道山梁
泪流满面
风来浩荡

我只想踏上滑板
冲上波浪
随波翻浪涌
任泪流满面
海风咸涩
华发飞扬

我只想回到故乡的土地上
走过田野
赤足小溪
与那乡村的野老亲邻
乡音倾谈与寒暄
忘却天涯与远方

这是什么歌
我听不懂它的歌词
只有它的旋律
流遍我的血管和毛孔
只有她的音色叩击着我的心房

这歌是什么力量
叫我只想泪流满面
心旌摇荡心思浩茫
像走在春天还微凉的风中
意绪如花，树树绽放

张灵，男，1965年出生，陕西洋县人，文学博士。中国政法大学教授。主要研究文艺美学、中国当代文学。出版有《叙述的源泉——莫言小说与民间文化中的生命主体精神》（2010）、《知识哲学疏论》（2012）等著作，另在《文艺报》《文论报》《小说评论》《中国文化研究》《自然辩证法通讯》《百家评论》等发表学术论文四十多篇，有多篇被人大报刊资料、《新华文摘》等转载、转摘。北漂感言：如果不算上学读书的话，我的正式的“北漂”生活始于1995年。什么是“北漂”？它可以是指一个专有名词，但我以为它也可以理解为一个普通名词，所有那些离开了自己的生养之地、在18岁以后异地谋生的人，都是“北漂”。你的语言中的方言痕迹就是“北漂”最好的“身份证”。“北漂”是一种历史性的波及广大人群的生存“命运”。

我捂紧口袋（5 首）

简素

长成一棵树

习惯和动物竞技
忘了若长成一棵树会怎样

停停走走，与人相似的树
人来人往，与树相似的人
为一束妖娆而悸动，为一蔓死寂而沉郁

想起被辜负的红稠绿暗
风卷走大把凉秋
想起白杨士兵一样忠诚
想起流浪的三毛来生是否站成树
不依靠，不找寻
一半散落阴凉，一半沐浴阳光

我想站成任意一棵，
在这个星球上，用枝叶描绘时间肖像
隐密或公开，狞厉或惊艳
有故事，与星河并存

在冰封中蓄力，把松针悬成铁胆
一张穿越四季的脸，始终有情有义

我捂紧口袋

疾风之后
我把一地鸡零狗碎捡起
在月黑风高时，倾囊
就着柴火逐一点亮
故乡的原风景，隐约可见
踉跄而来，那些人和事

我捂紧口袋，祈祷
捡不起来的过往，梦里遇见
多年前的想见。一枚书签忍了很久
没有哭，一粒纽扣里有系念

我捂紧口袋，醒了
幸好都还在，还有温度继续
可以数下去的日子
可以枕靠的旧爱，可以烘焙的清贫

半夏坐在午后对面

此一张，彼一张
塔罗牌，隔着年头占卜
黑发掺着几缕白发，恨不能
一步跨回，彼岸

长出翅膀的名叫无忧，与无虑
一对孪生，倾听
知了，没完没了地唱
为雌雄，争辩到树影斑驳
相视墨渍，抚掌大笑
惊得橡皮擦，从桌上滚落到桌下

坐在对面，掐指一算
十八年，从南到北
半夏始终跨不过
午后，一缕阳光移过，那道门槛

苦楝树

亮鲜鲜，涂上新漆
能做家具的苦楝树，有儿有女
饭桌饿着肚子，从未变形
贫家，有暖

披针的花在夏天出嫁
张扬的叶，秋天将去远方
光枝，秃丫

你看我，我看你
雌雄的“马架儿”，飞来
筑上爱巢

椭圆的果实不离不弃
痴缠着老枝，灌浆金黄的深秋
挂一幅令人心软的风景

栗花火绳

“织得越紧，燃烧越慢，
味道越浓”
邻家婶娘手把手，教，
新媳妇，织，花葶半干，绕着炕沿

爷爷的故事，盘旋
半大小子的星空，忽近忽远

鹅黄漂移。想起，丢在故乡的童年
少年。想起出嫁那天
泪流满面的双亲，我不由笑出声来
吓自己一跳，偌大林子
落地。一朵栗花
一段风干。等待被编进火绳

简素，原名李灵。安徽人，现居北京。中国作家协会会员、北京作家协会会员、中国诗歌学会会员。

北京的夜晚（2 首）

王心妮

流浪狗

一只狗
脚步轻盈
从身旁走过
抬头看我一眼
便匆匆离去
在它的眼神里
我看出了它的坚韧
在它的背影里
我看出了它的孤独

它内心住着一只狼
独自游走不惧风雨
不追逐一只蝴蝶
也从不摇头摆尾
也许跑一天路
翻遍多少个垃圾堆
才勉强填饱肚子
一路上经历多少艰难
它仍追随着自己渴望的自由

北京的夜晚

北京的夜晚
走在街上
飞驰的车辆
在平静的马路上
添了几分匆忙

喧嚣的风啃食着
白日里的闷热
只有夜晚

能让北京慢下来
抚平每个因散场
而稍许失落的灵魂

王心妮，生于1995年2月，2017年6月开始北漂。白居易诗歌研究会会员、华语作家网签约作家、北京“结伴读书会”秘书长。作品见于《中国汉诗》《中华风》《青年诗人》等文学期刊，入选《中国90后新诗排行榜》等。现供职于北京某影视公司。北漂感言：跨越千里来到首都追逐自己的梦想，有着一颗不甘平凡的心，敢想敢做，无怨无悔，青春就是充满无限可能！

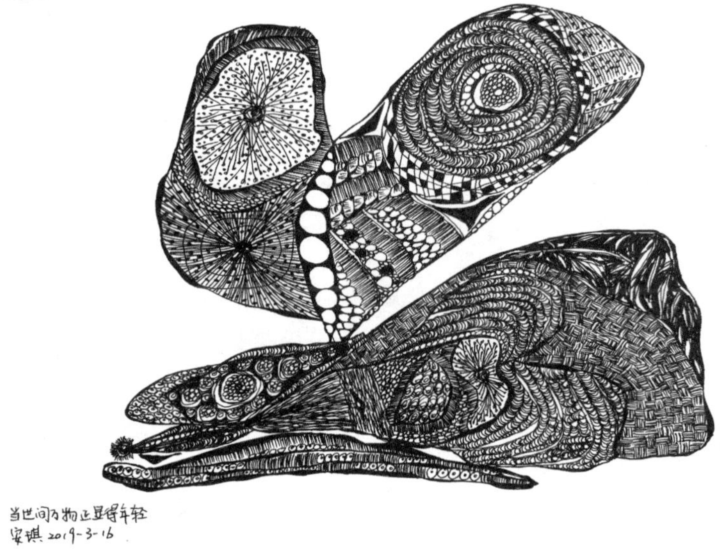

北京的雨只有五分钟（3 首）

徐蓓

北京的雨只有五分钟

一万滴雨砸向伞面
以全部生命的勇气
奔赴　你以伞为盾
拦截　伤心的情人
都在说着
“不得”“不得”“不得”
一滴雨化作千滴泪
伞是泪的河流
冰凉的热情
带来的迎面的湿润

洗衣随想

歌与水顺流而下
“做一个无益的人”
闭眼的动作并不容易
咯咯声透过头骨清晰可闻
窗外的树和鸟和风
笛声。匀速。生硬。缓慢地贯穿
离开时勾走一根细细的记忆
为它画上一双眼睛
从此我就有了一条河

约定

走得远些
再远些
到雪和冰的尽头
热情和冰冷一样珍贵的地方
我们将在那里见面
两颗眼球赤裸相撞

漫天星火摇晃

徐蓓，1998年出生于江西上饶，2015至2019年就读于首都师范大学汉语言文学专业。现就读于中国社会科学院研究生院。北漂感言：每一年都觉得离家又远了一点。

石头的事业（3 首）

焱冰

一棵树如是说

过了这个冬天，我就会
变成一根柔软的绳子
可以弯腰，松开死结
棉布之心，深藏刀斧之谊
甚至要安心做一缕炊烟
学会顺从，随风吹开一本书
吹开一片崭新的草丛
过了这个冬天，就有
一场雪洗掉满街的污渍
每天穿白衬衣，面对
月亮，没有发芽的私心
木柴吐出肺部堆积的黑夜
像石头，笃定地活着
静看星宿无涯，不蔓不枝

一滴雨如是说

山巅之雪融化，献出
漆黑的脊背。大雁翅膀
划动清风般美好的事物
雾霾的戒律无声
覆盖寺院悬浮的台阶
无人企及。蠕动的光线
照耀着浸湿的早晨
树荫闪烁凌乱的影子
小草用泥泞之躯
撞开时间的栅栏
恰似一滴雨
在命运的琴键上寻找落点
倾听自己破碎的绝响

石头的事业

最初的愿望是成为水晶、稀世珍宝
让一个痴情的人，迷恋一片草丛
长出闪光的翅膀，在秋风中
飞出人间，不顾一切，像流星那样
拖着温暖的尾巴，在天边划一条斜线
允许它像雨滴坠落，稍纵即逝
像飞蛾扑火，像粉身碎骨的散沙
平铺在海边，让所有走在上面的人
永不变心。若不能点石成金
就在虔诚的刻刀下，渐渐显现出
普度众生的面孔，换一颗心
哪怕苦不堪言，把头埋进深深的污泥
倾尽所有，举起一座天堂
让古老的咒语在花蕾凋谢中应验
所有走散的人，在熔岩里花好月圆

焱冰，原名郭焱冰，男，汉族，1972年出生，河北永年人，现居北京。文学学士，工商管理硕士。中国煤矿作家协会会员、河北省作家协会会员。20世纪90年代初期开始在《诗刊》《星星》《诗选刊》等刊物发表作品，有诗作入选《中国诗歌年选》《中国最佳诗歌》等。著有诗集《与生命有约的诗歌》(1996)、《我想从虚晃的光芒中抽身而出》(2005)、《阴影中的花朵》(2007)。出版诗文录《在内心散步》。北漂感言：诗歌是心灵与日常生活、现实世界沟通的一种最好的途径，是现实通往梦境的斜坡。

寻找自我（2首）

杨东澄

寻找自我

忙！忙！忙！
这就是我们的生活日常
纸质书籍变成了电子书
购物由线下换到了线上
甚至连作息都不再规律
当我们被生活推着走的时候
是否顾得上问自己一句
“你想要怎样的生活”

每天的各类推送
各种消磨时间的娱乐
实在让人难以分清
此刻的行动是自我思考
还是在环境下的妥协
或是听取了别人的观点

现在
被生活推着走很容易
我们的生活好像可以做到
机械化地过一天

所以我们要找寻自我
如果不这样做
我猜就没有真正的快乐
说到这里我想起一句话
别人都有人做了
我就做我自己

我的法宝

有人说
白天是理想的自己

晚上是真实的自己
人除了有本职工作外
还有个人兴趣

兴趣是美好生活的催化剂
是让我们做回自己的法宝
我的法宝是音乐
从我记事起
就对音乐有一份痴迷

小时候
我可以靠在椅子上
望着远方听很久的音乐
那个时候
我好像置身于音乐中
体会它带给我的感受
就如同文字鲜活的描写
使人身临其境一般

痴狂的时候我竟觉得
手机对我而言最大功能
是用来欣赏音乐
在我喜怒哀乐时
都有相应的音乐与我共鸣
宛如高山流水觅知音的感受

这就是属于我的法宝
这可能对于其他人
并没有那么“神奇”
但我想你一定从中
找到了自己的法宝

杨东澄，男，笔名钢琴王子。2000 年出生，陕西咸阳市人。大学本科就读，系海淀区作家协会会员、《作家报》会员、咸阳市作家协会会员。先后在《中关村》《民主》《中国海洋报》等报刊发表过诗歌、散文、科幻小说等。

那个夜晚的卢沟桥属于我（2 首）

任怀强

那个夜晚的卢沟桥属于我

紧挨着的人们总会幻想，曾
有过一个热爱唱歌的小伙子
他困极时，在桥上，忘乎
所以地歌唱。他唱了好多年，
后来不见了。他只是被遗弃的
囚徒，谁又何尝不如此——
他反反复复唱“蓝蓝的天上
白云飘，白云下面马儿跑……”
我等候幻觉潮起，歇斯底里的
一点疲惫。大树的影子缩小
成一团，疏忽大意的月光看
一看他，丝毫没有特点的日子
互相笑笑在再见中各走各路了。
没有再见的那些人，自那以后，
怀念或许是有意来道别的，
也许交了好运气，聚散皆不
露声色。桥上剩下空空，流星
空空。树叶暗中颤抖，带点狡黠
比它更容易误入歧途的苔藓，
不会被我们理解得死去活来
假如这也可以算作救赎？那么
肉体中翻滚着不曾消逝的闪念
车马声喧需要归隐高过这夏日，
隐约长眠的歌声似乎正破空而来

团结湖遇见一个真正的饮者

他在腰间挂一个扁瓷瓶，瓶里
当然装满了酒，常来湖边消磨
午后的时光。他在园中四处
游逛着歌唱舞蹈，如果你不

注意你会以为园中有好几个
这样的老头，等你看过了他
卓尔不群的饮酒情状，你就会
相信这是个独一无二的老头。
他的衣着过分随便，走路的
姿态也不慎重，他面上时而
忧喜色，胸中又消是非心。
一只脚踏在石凳上或土埂上或
树墩上，边解下腰间酒瓶，边
眯起眼睛扫过视角内的景物
然后一大口酒倒入肚中，把
酒瓶摇一摇再挂向腰间，平心
静气地想一会儿什么，一年又
一年，看不尽凄冷月色，也听
不完淅沥夜雨和逍遥之醉。
天下苍茫，兼济如身体中的睡莲
化作荒城。风摇响檐角的铃铛，
这音乐好听，清凉组合，永逸。

任怀强，曾用笔名麦歌等，山东新泰人。2009年来京。曾任《青年文学·下半月版》编辑部主任、北京《山花：下半月》艺术主持、北京《南风美术前沿》艺术总监。中国作家协会会员、山东散文学会理事。作品散见于《中国作家》《诗刊》《星星》《北京文学》等刊物，有诗作入选《中国年度诗歌》《百年山大诗歌选》等选本。主编《山东三十年诗选·莱芜卷》，参与编辑《新世纪山东十年诗选》，出版诗集《我们的心灵》《去瓦城的路上》。北漂感言：不卑不亢地活下去，才是活着。

不问桃花（2 首）

莲心儿

雪说

一片雪花降临　绝不仅仅是天意
一场雪铺满荷塘　有无数星辰默许
六角花瓣上的寓意　无字可及
没有雷鸣的叱咤
没有闪电的惊悸
一次飘落　就可以让世界纯净
一次洗礼　就可以让喧哗沉寂

即使天寒地冻
也有“你无法想象的高度和尊严”
即使融化成水
也要“与心尖上长出的阳光相融”
雪花是遵循了风的邀请来浸润土地
迎接风尘　覆盖晦暗
从异乡这俗世的困顿中——长出光明

不问桃花

在北京的这个春天
我关闭了自己
桃花敲门
也懒得打开

哪怕光阴老了
心却在文字里重生
永远不会老去

莲心儿，自由撰稿人、编辑。从 21 世纪开始北漂。从少年时期开始发表作品，有诗歌收入《新世纪诗典》《2018 年度中国最佳诗歌 100 首》《中国诗歌先锋年鉴 :2018 卷》《中国口语诗年鉴 · 2018 卷》等。

跳竹竿儿（2 首）

艾若

跳竹竿儿

高山流水
独弦琴泻
巫头浊浪
打那渔船

万尾岛上
白沙如雪
京族的少女
岩间歇歇

竹竿儿拍一拍
脸蛋儿羞未羞
二郎呀二郎
我要你嘛
跳呀跳起来

开合开合
开开开合
开合开合
开开开合

竹竿儿拍一拍
胸膛儿腆未腆
二妞呀二妞
我要你嘛
夹呀夹起来

开合开合
开开开合
开合开合
开开开合

爱上独龙

爱上独龙
爱上高黎贡

爱上独龙
爱上担当力卡

墨绿的独龙江
从西藏的察隅
由北往南
直绿到缅甸

在缅甸那里
她叫恩梅开江
最终都汇入
伊洛瓦底江

山有多高
雪就有多高

雪山下的文面老妪
围着火塘
烘焙沧桑

江畔教堂里
徜徉着两条大黄狗
牧师与信众吟唱
赞美这独龙江

龙元村一对母女
编织独龙毯
羞涩的独龙少女
马上就要成为新嫁娘

艾若，网名爱若干，1971年生于安徽桐城。北京传媒人。诗歌作品发表于《诗刊》《诗歌月刊》《诗选刊》，入选《中国新诗选》《中国网络诗典》《大诗歌》《北漂诗篇》《当代传世

诗歌三百首》等。出版诗集《幸福在路上》、诗歌合集《理想国·待渡亭2018》等。北漂感言：1993年9月从安徽来京，至今已经26年。记得女儿小时候经常纠正我在某些汉字上的普通话发音，当我乡音依旧、屡教不改时，女儿就说，爸爸，你是外地的。

爱情或者高于爱情（3首）

寇宗源

沉默

我坚信：有一种声音是无声的
灯红酒绿的帝都五环内
如柴的身体装不下秋天的饱满
总想找个角落莫名大哭一场，然后再笑着奔跑

就这个冬天，我着了凉
对这个季节一次又一次跺脚
草木黄了，根却绿着
渴望飞翔的力量足以抬高天空

沉默的夜里教会我，要用心和耳朵走路
脱落的分叉白发，岁月迟早是要还的
在生活的追光灯下
我爱上了裸奔和沉默
放空自己，爱与不爱都是一种快感……

独白

床边躺着的几个空酒瓶子
被我扔掉，还有那个像锅底一样的烟灰缸
从此，不做春梦

雄鸡的抱负寄生在猪棚里
睡梦里总觉得自己是个暗夜的行者

少年，请你打开蜘蛛网尘封的窗
请你扛起头颅擦掉眼屎扳开眼睛
看：
山坡上的暗绿，都谦卑地生长
一只飞不过山头的蝴蝶也在攀缘

刺破泥土的力量岔开两群人
天堂在笑，地狱在哭
万里迢迢间，仅仅是一阵寒风吹过
而已

爱情或者高于爱情

那天，割草的少女躺在母牛背上
天空放晴，远处的白云贴着羊群
牧童在奏无名的情曲，声音渐渐温婉
他血液的温度接近沸点
那头牛已被诱得发情
少女在笑，冰点左右的心也朝着太阳
看此刻的她，像极了蒙娜丽莎的姐姐

风吹草低见牛羊
这个秋天，世间只有一个牧童和少女
在彼此心里的春天，苏醒

我渴望荒原与河流，和一个裸着的女人
荒滩戈壁上，我就是王，和忠实的情郎

寇宗源，1992 年出生于山西省朔州市应县。作品散见于《星星》《诗选刊》《延河》《时代文学》《西北军事文学》《山西日报》《三晋都市报》《杂文报》等百余家报纸杂志，有诗作入选《2013 年中国诗歌排行榜》《2013 山西年度诗歌作品选》等选集。原《天涯诗刊》执行主编，《新诗刊》编辑。

辑二

笑

范雨素

春花，秋月
依次在池塘里徘徊

留守的孩子
塘边，头顶着荷叶
玩游戏

流动的孩子
城中村的出租屋
耍手机

他们的爸爸在哪里呀
他们的妈妈
在哪里呀

在那高高的脚手架
盖房子
在那矮矮的菜市场
卖西瓜

孩子们，不懂人世间的苦
开心地笑着
父母们，已明白活着的累
悲哀地笑着

范雨素，湖北襄阳人，1994 年来京。曾从事收旧书等多种职业，目前在北京做育儿嫂。北漂感言：活着的意义，在于对人类发展承上启下、承前启后的责任感。

紧急联系人

叶桂杰

简历铺在面前
我提笔飞速填写
姓名，性别，民族，学历
还有那串我无法拒绝的身份证号
这一切都难不倒我
可我很快遇到障碍
紧急联系人？我该联系谁
我走过许多地方，见过许多人
干过许多工作，交过许多材料
填写表格我一点儿也不陌生
但却想不起谁是我的紧急联系人
在这座拥有 N 个火车站和 N 条地铁的城市
我不过是广场上断了线的风筝，抑或
弄堂里的塑料袋
我随风扬起，又刮落，起起又落落
即使我脸上写满紧急联系人
紧急的时候我又能联系谁？

叶桂杰，1989 年 9 月出生于浙江，中国现当代文学硕士，青年作家。小说、评论等作品见于《青年文学》《美文》《绿洲》《野草》《文艺报》《文学报》等报刊。北漂感言：两年来，在浩瀚如海的京城漂浮无定，就像居无定所的游牧民族。但每当从黑暗而明亮、繁华而荒芜的地铁里穿过的时候，却深切地感受到了生命的饱满。

情人节（2首）

张后

泥人

用泥巴捏出一个人的时候
同时就捏出了这个人的灵魂
如果你愿意的话
你可以向他吹一口仙气
他就会栩栩如生地活成一个人
有爱有恨有慈悲

情人节

绝好的风景是在雪后
天空很蓝，蔚蓝的那种蓝
让人心平气和

下午在雪地里走了走
跟树下的小鸟
唠了十分钟的嗑儿

抬头看了看远山
远山很淡
淡如你的眉

张后，1968年7月4日生于杭州，长于东北辽宁。2001年7月开始北漂至今。诗人、作家、摄影家。著有访谈录《诗人往事》、随笔集《诗人之梦》以及多部长篇历史小说和爱情小说。自编自导自演中国首部以诗人海子为主题的诗电影《海子传说》。北漂感言：漂与不漂都是常态，而北漂则类似敦煌之天外飞仙，一旦你北漂过了，一生都牵着你的魂。

向北的叶子（2 首）

王迪

向北的叶子

北京的银杏树，站在那里
立场，不动
不管刮风，还是下雨
朝南的枝，朝南，向北的叶，向北

你何时来
我都用同样不变的风姿迎接你
你看到我在增粗，增高
谢谢你对我的暗暗的祝福
谢谢你的拥抱
谢谢你拥抱我给你挺拔的欣喜

他不解的，也许会问
太阳在南边
朝南的枝叶是绿的
向北的枝叶怎么也是绿的
我的心，是旋转的
一年一年，一圈一圈转着风华
这是我要告诉你的
我发达的根底

叶子渐渐地老了
你我又一起变黄

北京的云朵

空中
他站在高高的脚手架上
用双手拧着湿透的毛巾
那汗水，一滴一滴
似火红的电焊花

飞溅
一触到地面变成一股股气
弥漫，蒸发
天上
却不见一丝云朵

王迪，生于1963年，河北衡水人，2006年来京，《中国当代微信诗人》（河北）主编。80年代开始发表诗作，作品收入《北漂诗篇》《2018年中国诗歌排行榜》《当代网络诗歌精选》等十多个选本中。现供职于北京兴龙伟业有限公司。北漂，是因为北漂，激活我又重新写起诗来。北漂感言：北漂，谢谢北漂！我的骨头已长进北京的血肉里。

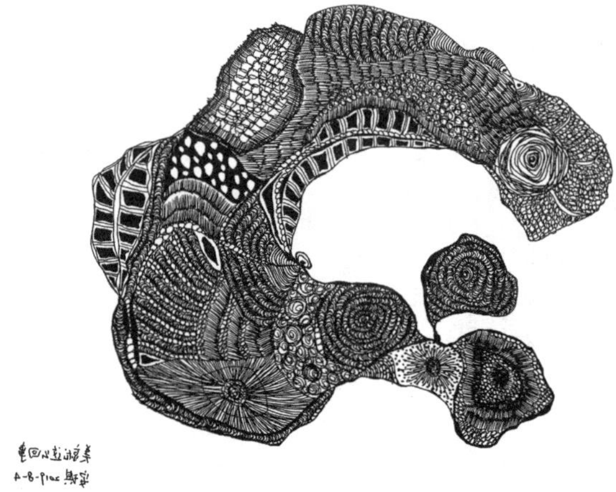

电视民工（3 首）

姚永标

电视民工

在动车上抢占大件存放处
在飞机场行李超规
在安检口分发电池如分发饼干
在马路牙子上吃最大份的盒饭
在西南四环，在总部基地，在八通线接口，在望京
这些一年四季穿多袋工装的人
叫电视民工

电视民工是民工里的新品种
他们常常混迹于普通民工之中
要他们一边干活一边微笑
往他们脸上洒矿泉水
以做出流汗的效果
告诉电焊工怎样用保护面罩才能露脸
有时候活已经干完
还让他们配合一下，把拧紧的螺丝拧松
再来一遍

有一次拍摄高空作业
导演恐高
摄像师试了一下实在不敢上去
最后决定把微型摄像机绑在民工头上
开好机，拍摄他手上的效果
我们在下面望着
导演说那是很好的主观视角
下来之后才发现，在民工眼里
这个世界和我们看到的完全两样
天上空空荡荡
地上忙忙碌碌
而且不管是领导还是民工
除了头上那顶帽子

完全没有什么不同

非洲遥远

无论怎样说北京
我还是爱你的
这一刻你的大街小巷都堵得慌
我在亚的斯阿贝巴
除了语言到处一片通畅
但还是要说一说你
在亚的斯阿贝巴说你
不像
在你身边说你

非洲遥远
这一刻你比非洲遥远

在这个离埃博拉最近的地方
我的肤色在一天天变深
但我的头发依然长安街一样直
我的胃依然爱国
虽然我的梦短到不能再短
每一次都走不到六环
家尚遥远

大树底下的咖啡三块钱一杯
喝了赶往阿达玛
那里离北京一万三千公里
离老家一万五
接下来还得往更远处走

早知道你不是我的菜
但离开了就可爱
也早知道你肯定不会是我的家
但如果今生再也不能回我的来处
你不妨就这样做一回我的继母

在北京就是在健翔桥东

在北京就是在健翔桥东
或桥西下车
穿过北四环底下的人行通道
顺着京藏高速
走八至十分钟
到安翔路
听着国乐院内飘出来的丝竹声
拐进右手边的丝竹园
倒在某栋某门某层
几零几的一张床上发一会儿呆
然后侧了身子
在一张床的二分之一不到的面积里
想着
比紫禁城大
比广场大
比四环以内的地盘还大
大到五环六环七八九十环
直到五十环外的老家甚至
比家还远
比夜还长
比梦还多
比天还大的
一些事情
睡去

姚永标，生于20世纪50年代。湖北作家协会会员，湖北文艺理论家协会会员。出版诗集、长篇报告文学等多部。获上海萌芽文学奖、湖北文艺评论奖、中国电视艺术家协会行业专题片一等奖。作品收入《新中国50年诗选》《中国当代大学生诗选》《湖北新时期文学大系》等。北漂感言：漂在北京做电视民工十二年。对个人来说，漂是性格，是选择。其实对整个人类来说，漂是一个寓言，一种宿命。

暖阳（2 首）

李迎兵

暖阳

母亲背后
到处都是喧嚣而过的车辆
她的叮咛却布满整个城市
一辆公交迎面驶来
牵挂在此刻没有了距离
阳光里突然飞舞起一片泪水
却映照她的笑颜
永恒的定格

车辆飞驰而过
列队穿过的冰车
从儿时的记忆里复活
老家开始下雪了
此时此刻
我独享着北京的暖阳

母亲细密的网
从电话那头织起
一如她作茧自缚的爱
贯穿一生一世的四季

北京，禅定的夜晚

一个人的陷入
北京的夜晚灯火通明
用万丈红尘作为道场
当梦中的呢喃
替代夜晚的心思
诵经的频率
情欲的迷乱
都在这合十的寂静里

九九归一

北风吹乱树梢的叶子
眼前是一片荒芜与凄凉
岁月的缕缕白发
依然在牵挂的江南春梦里复苏

只想说出来现在的你面对孤独
你与北京的对应
正如此时此刻的心潮翻涌
禅悟需要用木鱼来传达
注意力用在不断修正的方向
正如鸟改变了出发的初衷

回望一个凉爽的西湖夜晚
紧紧拥抱着蝉声吵醒的时光
短促而又漫长
正如传说中的美女坝前
潮涌的一刹那
你的脚步在北京敲响

依然是记忆里月光映照下的雷峰塔
白娘子的真实容颜
透过她眼眸里涌动的晶亮泪花
让多少前尘往事铸成今天的义无反顾

学院路燕子的呢喃
就是她的深情呼唤
这是西湖的春天不需要再去等待
在岁月的年轮里
刻着耳熟能详的名字

佛说每一次回眸都是五百年修来的福气
手挽手并排躺在大运河绿莹莹的湿地
融汇和萌动的花丛里
日夜轮回着所有生命的希望

李迎兵，中国作家协会会员，曾长期担任中国作家协会鲁迅文学院普及部辅导教师。现

为文联专业作家。已发表文学作品六百多万字，出版长篇小说《狼狐郡》《狼密码》《雨中的奔跑》《校园情报快递》，中短篇小说集《温柔地带》《美人归》《醉芙蓉》，长篇评论《浅谈小说创作》等多部。获得首届张爱玲文学奖。

北京地铁八通线

牛一毛

八通线像一个忧伤的夏日
阳光挂满了倦容与七点钟
纷乱横行
忘记了爱与昨夜的星星
黑压压的站台
像一大把心酸的日子
满腔焦灼
却异常安静

善良随处可见
但毫无用处
乞讨到处都有
除了八通线
迟到和优秀奖之间
差一只脚和憋红的脸
摇摇摆摆
眼睛未动
调戏未来和英雄联盟
谁在傻笑
牵挂爱人或欢乐颂
窘迫，艰辛，曾期望荣耀
绝望，不公，有人在呼号
青春逝去
忘了思考

密密麻麻的人生
蜿蜒轰鸣
怀着各自希冀
撒遍北京
又在夜间逃离
直到通惠河归于宁静
深夜
带着疲惫和记忆

车门关闭
轰然远去
沉入夜的孤寂
后面
是一片只差几秒的叹息

牛一毛，本名张春孝，80后。著有短篇小说《北漂寓言》，长篇小说《好人好梦好月亮》《高二·六班正传》等。现居北京，任策划编辑。北漂感言：北漂十年，尝遍百味。苦辣心酸，那又如何？只要拥有大地和笔，依然可以收获诗意，收获生活。

你的充满阳光的眼睛
安琪 2019-3-18

衰老女神（3 首）

阎松

落幕之后

晚上九点四十分
话剧将会结束
台上的爱情故事
最终会有一个结局
而台下的观众
也会陆陆续续离开这里
回自己的家
“旧鼓楼大街”显然
不会是大多数观众的住处
他们应该住在三环、四环外
甚至五环、六环外
无论坐地铁还是开车
差不多都要一个小时
再远一些的
还要担心能否赶上末班车
本来就不算紧凑的剧情
经过舟车劳顿之后
更让人感觉模糊不清
可疑之处也逐渐变多
为什么丈夫没有挽回妻子？
为什么他和妻子的情人没有决斗？
十九世纪的爱情悲剧
为什么说着当代的话？
当然出轨的事情总是天天上演
在这些观众里
一定有人正面临这个问题
但是应该怎么解决？
没有的人怎么预防？
他们在洗脸的时候想
躺在床上时也想
想给自己的故事也安排一个结局

但是没想多久
他们就睡着了

扇子

北京的夏天还是很热的
即使是对老年人来说
扇子也必不可少
当然胡同里总有纳凉之处
在树荫底下
或者一道门前
常有凉风吹过
他穿着白色的两股背心
短裤，拖鞋，大扇子
走进了隔壁李成武家
现在是下午两点多
李成武应该刚午休起来
他捋了捋自己被风吹起的白发
看了下这个四合院
几户屋门开着
但里面没有人
厨房里放着一锅红豆汤
冒着热气，没盖盖儿，该是刚煮好
一切都静悄悄的
连蝉也在很远的地方叫着
只有老李在屋里翻着日历
这是一本精美的，硬质挂历
上面的图画都是彩色的
很生动，像是照片
“时代不同了”老李说
“已经是 1947 年了！”
老李的手在挂历上抚摸着
1947 年？他想了想
时间已经过去了这么久？
他突然不知道说什么
只好从院里出来
他想起自己每天都在下午散步
坐在街边，吹着凉风
和旁边的老朋友聊聊天

夏天似乎从来都没有过去
而且凉风……
有凉风又何必拿扇子?
他看看手中的扇子
每一寸都是崭新
仿佛从没用过
他摸了摸四周的空气
好像也并没有那么热
他到底出来多久了?
那锅红豆汤呢?
什么时候能喝?
就那么放着
不怕有苍蝇吗?
他越想越奇怪
只好又坐到了街边的台阶上
今天老伙计们都没来
没下完的棋局在一旁放着
像一片网等待着游来的鱼
前边的马路上工人们在刷白线
那个牌子的汽车
依旧从他面前跑过
而且比昨天更快了一些

衰老女神

六个女中学生
在咖啡馆里学英语
她们围坐在一个圆桌旁
念着单词、短语
有时也聊几句闲话
我看到衰老女神就蹲在桌子上
正往她们的杯子里倒咖啡
女生们一边说话
一边喝着咖啡
每说一句嘴角就多一条皱纹

她们念着英语文章
语速越来越慢
声调也越来越沙哑

单词总也记不住
反倒扯起了家常
有人敲起了膝盖
有人抱怨咖啡太凉
还有人悄悄把小包白糖装进口袋里
衰老女神看自己已经成功
就慢慢在空气中隐形

女生们艰难地学完了当天的课程
打着哈欠，合上书本
她们已经银发苍苍
衣服也显得很不合身
她们互相搀扶着
步履蹒跚地离开了咖啡馆
在她们走后
圆桌旁边的那一面玻璃
突然炸成了碎片

阎松，男，1985 年生。2007 年来北京，至今已十一年。现在北京从事影视工作。2018 年底拍摄完成个人首部剧情长片《预知梦》。有诗作入选《北漂诗篇（2018 卷）》。北漂感言：准确地说我并不在北京居住，而是在与北京一河之隔的河北燕郊——这个居住着最多北漂的地方。这里百分之九十都是外地人，大家操着不同的口音，来自不同的故乡。很难说这里到底“属于”哪儿。它就像大海中的一座岛。人们都在这里甩掉了过去，成了自己眼中的陌生人和别人眼中神秘的过客。这份陌生与未知，或许正是现代人内心深处一直寻找的某种东西。

京城的黄金银杏（4 首）

曹谁

京城的黄金银杏

金色的银杏叶落满京城
映照着肃杀清冷的秋风
身着风衣的我手执纸扇
从银杏林走过
京城的冬太冷
京城的夏太热
京城的春太短
唯有京城的秋最好
我们从京城的中轴线上走过
西边的银杏是武烈宜扬
东边的银杏是文教宜尊
迎面的女郎也是高贵的金色
我们穿着金色的铠甲
人生再苦闷都要有金色面庞
秋风肃杀中我们冷面冲过
不成功便成仁！

人间世

我走在熙熙攘攘的街头
忽闻滚滚红尘的歌声
想起你远去的背影
我们是第一次见面
也是最后一次见面
不禁悲从中来
几乎落下眼泪
转头看到乞丐端着钵子
里面是各种钞票
乞者的四肢残缺
坐着自制的小车
旁边有两个小孩

他正对着麦克风假唱
我收起自己的泪水
丢下一块钱离去
我消失在人山人海中
可是泪还是止不住落下

桃花如火，照亮黑夜

把伤痛埋入树皮
桃花就伸展出来
桃花如火，照亮黑夜
冬天我们抑郁
春天你们开放
我经过一株桃花
请告诉我桃花意味着什么
火红的可是流血的颜色！
旋转的可是嘲笑的表情！
我们把所有的伤痛都埋藏
鲜艳的桃花就如火般盛开
我看到的不是桃花而是伤痛
我憧憬的不是桃花而是心安

唯有你的眼神能够激起风暴

我们在京城的小巷穿过
偶然的抬头四目相对
太平洋的台风赶来
亚细亚的飓风赶来
我知道大风的中心永远平静
你的眼神激起了风暴
我们在风暴的中心相拥
大鲲终究会化为巨鸟
大鹏终究会返回故里
今夜我们在风暴的中心逍遥游
多年后我还会想起你的眼神
亚细亚的飓风还在吹
太平洋的台风还在刮
唯有你的眼神能够激起风暴
何日我们还会在风暴的中心相会

曹谁，原名曹宏波，青年诗人、作家、编剧。1983 年生于山西榆社，2008 开始职业写作生涯。著有诗集《冷抒情》《亚欧大陆地史诗》《通天塔之歌》等七部，长篇小说《巴别塔尖》《昆仑秘史》（三部曲）《雪豹王子》等，写有电影剧本《功夫小鬼》、电视剧本《孔雀王》等百余部集。有多部长篇小说改编为影视剧、广播剧、舞台剧等。有作品被翻译为英语、日语、韩语、法语、意大利、西班牙语等十余种文字。曾获首届中国青年诗人奖、第五届青海青年文学奖之“文学之星”、第四届曹禺杯剧本奖等文艺奖。系中国作家协会会员。中国电影文学学会会员，现就读于北京师范大学和鲁迅文学院联办作家研究生班。北漂感言：我觉得北京不只是一座城市，而且是中国各地汇集成的空中之城，好像旋转的巨大轮子，向内窥视着中国各地，向外观望着世界各国，北京是中国最多元化的城市，在北京居住的人能在自己胸中修成最深的城府，在这里我们才能理解神州大地，才能最接近自己的梦。

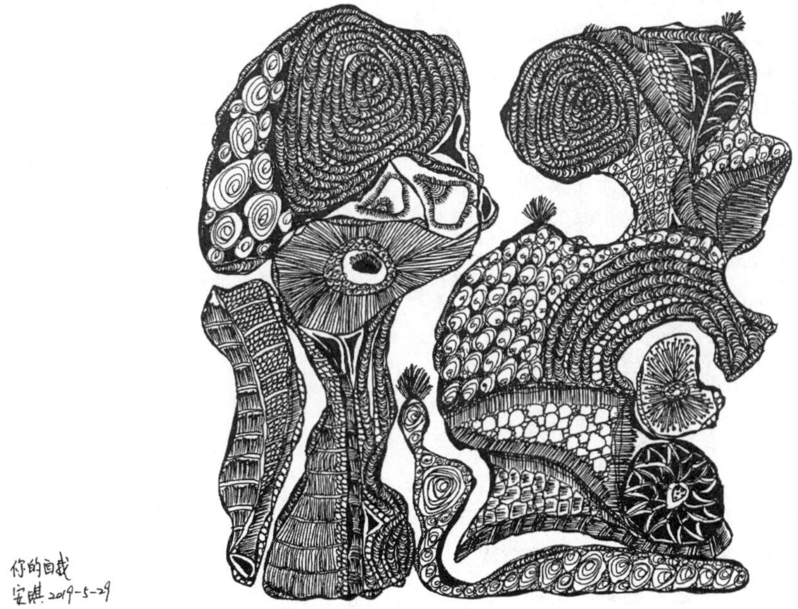

黑骏马（3 首）

大枪

鱼冢

我在观察一个孩子，其实，我先是在观察
一盆活着的鱼，观察杀鱼人，给每一条鱼
读宣判词，这是杀鱼人的法律，但并不影响
鱼的结局，每宣判一条，孩子就数一声
他的声音很稚嫩，像教堂里含混不清的祷告
1，2，3……44，45……我在想，他可能把每个数字
都当作鱼的名字，生怕数错一条，就会漏掉
鱼的一生，有时觉得拿不准了，还会重新数一次
后来，盆里剩下最后一条，它死于宣判前，很小
比我把任何形容词扔给它，都要小，连杀鱼人
都懒于给它履行程序，直接把它扔给了孩子
看到这里，我已经对鱼和孩子有了兴趣
我跟在孩子后面，看到他找来一个火柴盒
把鱼请了进去，他还试着把它的眼睛合上
不过没有成功，我心里在笑：又不是人的眼睛
孩子终于放弃了努力，他在一小块空地上
蹲了下来，开始慢慢地往火柴盒上堆土
土丘并没有堆多高，明显低于孩子的期望值
这时，远处有人喊他回家，太阳也快要下山了
不过仍然能给小土丘，标注一个身影，这身影
比我把任何形容词扔给它，都要小，但还是能
赶在天黑之前，最后一次显示它，高于地面

黑骏马

在北方草原，我遭遇了一匹黑色母马
它黑得让我倾心，这是我生平首次
如此礼遇人类之外的某个物种
它的威仪足以忽视所有投过去的眼神
却没有忽视一个诗人的！我为此而感动

同时，揣测它的身份令我着迷，虽然许久
没有结果，不过总强于用杜撰来编排
它的真正血统，我是说，当一匹草原黑骏马
真实地存在于，一个江南男人的视野中
而他又很卑微的话，就会像受到公主知遇一样
珍重它的回视。在日常生活中，还从来没有
如此高贵的眼神长久地打量我，此刻
时间在没有外力的空间点结束，我第一次
感到太阳下的某些神秘更加神秘，并为自己
和一匹黑马之间所发生的神秘而窃喜
这种氛围再一次让我回溯到“黑”这一原点上来
回溯触发了我的灵感：“黑”和“光”，两种只有
天帝才能支配的高贵属性，在奈曼草原的
一匹马身上集中体现。我终于发现了马的来历
我为发现感到激动，今天过后，或许我会
把太多的事情选择遗忘，但显然不包括
眼前的这位公主，尤其是后来，我看到它
奔跑起来，阵云和飓风，在它的身边集结
集结，多像楚汉时期某一场大型战争的术语
被驾驭在两千多年后一匹黑马脚下，这无疑是
马类信仰的承延，和风行草原的宗教一样

奈曼柳林

草原上的人说，这是一群被太阳
爬过最多的柳树，我不知道怎么解释
“爬过”一词，也不知道搬照江南老家
关于“爬过”的用法，是否行得通
小时候听父亲同别人神聊，昨晚又爬过
他的女人，这时候的父亲表情灿烂
和爬过柳树的太阳一样灿烂，但不知道
柳树们作何感想，它们是草原的女儿
自然有一些不同于其他地方女儿的想法
如同不同于其他柳树的腰身和发梢
同行的人叫它们怪柳，我反对这样的称谓
我习惯狭隘地对待一个词，而不会去引申
或贬词褒用，如果在通常意义上是贬义的话
我把被太阳爬过的柳树，等同于被父亲
爬过的女人，柳树由此成了我的母亲

我不允许母亲被人冠以“怪”的名义
虽然即使在春天，枝头上也是少有叶子的
有的甚至一片也没有，它们裸露着身体
拒绝一切与葱翠，婆娑，柔软有关的指认
比任何带叶的生物在黄沙中挺立得更久
这是奈曼柳树的深刻，而当北风从它们
黢黑的躯干上走过，也只有在这时候
所有关于母性的伦理部分，才会得到正解

大枪，1976 年 12 月出生，江西修水人，2002 年起长居北京。中国当代诗人，中华诗词学会会员，中国诗歌流派网学术委员，国际汉语诗歌协会副秘书长，《国际汉语诗歌》执行主编。获得第四届海子诗歌奖提名奖、首届杨万里诗歌奖一等奖、《现代青年》杂志社年度十佳诗人奖、《山东诗人》年度长诗奖、第五届中国当代诗歌创作奖、2018 年度十佳华语诗人奖及其他奖项。北漂感言：记得小时候在江西老家山区，离北京一千五百公里，整天唱着《我爱北京天安门》，一个从未去过北京的孩子，觉得离北京很近，现在住在朝阳区定福庄北街，离天安门十五公里，却觉得离北京很远。

夜晚，树潮初潮初潮比潮过来
安琪 2019-5-30

前方到站，漳州（4 首）

安琪

暴雨将至

“雨要派下来了”

中年漳州男双手叉腰
站在自家水果摊前望向天空
仿佛认识那个派雨到人间的谁
我悠闲行走在大同路上
我刚从图书馆出来
刚和许地山见了面
刚抄写了一首诗给吴明晖
暴雨将至
天瞬间全黑
一片乌云也没有天瞬间全黑
摩托车手加足马力想冲出这黑天
黑地但终究是徒劳
我已经听到
由远而近的雷声轰隆隆
我知道暴雨将至
你匆匆送来一把伞亦是无用
暴雨太暴
作为在这个城市生活了 33 年的
漳州中年女
暴雨到来时我要么躲进
别人家的屋檐要么继续行走雨中

就让一元钱币大的雨点把我砸得
遍体鳞伤！

在雷声和暴雨下

痛快呀这天和地的交响！

痛快呀这雨之狂暴
行人之匆匆，这突如其来的雨
仿佛突如其来的人生！

谁把雨驱赶出天庭
谁安排一个漳州给我？
手持雨伞的阿公
紧紧抱住他的外孙他们要在雷声
和暴雨中前进
这是家族的使命
蹲坐在肯德基门前的瘦少年
来自江西他背井离乡到漳州他说
漳州是个好地方
有钱挣有饭吃

只有我
像这个城市的游子游走在
瓢泼大雨中。漳州
漳州，漳州此刻
满地被雨打落的黄叶和它辛酸的结局
满城慌乱奔驰的摩托车嘀嘀和摩托车上

我的亲人。

前方到站，漳州

暴雨在前方等我
暴雨一如既往，在前方等我

故乡的五月，木棉花已败，满树火红
被长条形的灰褐果子取代。芒果绿意正茂
尚未到金黄遍地的时候。各种不知名的花
在暴雨中等我
前方到站，暴雨。前方到站

漳州。

D3111 卸下了一个恰到好处的人来到一个
恰到好处的地方，就扬长而去，风一样的

身影瞬间不见。行走站台，蓝底白字
漳州！绿底白字，漳州
无处不在，漳州！到处都是，漳州
只有漳州，才是“漳州”两字的故乡

才是漳州人的故乡。我不普通的普通话
是漳州，我凸出的前额是漳州，我海鲜的口味
是漳州，我嘀嘀打车，手机上自动跃出的地名
是漳州

漳州
远行归来的游子，已在暴雨
和暴雨之后的烈日中，到站！

到石码去

到石码去
去见谁呢？奶奶不在了
外公不在了，外婆不在了。到石码去

爸爸在
爸爸和奶奶在一起
爸爸和外公在一起
爸爸和外婆在一起

到石码去
就是到童年去，就是到奶奶手一抓
就是一把糖果的铁罐里去
就是到外婆的咸甜摊铺去
就是到外公的膝盖上去
就是到外公的歌谣里去：坦阔
麻梭、定心、嘎抓

到石码去就是到阿姨的卷发里去
就是到夜半三更
锦江对岸一句句“过溪噢”的喊声里去
我时常在那样凄凉的长句中惊恐醒来
再迷糊睡去
“胖乎乎的郑济坡叔叔来了，快躲”

到石码去
就是到漆黑的阁楼和阁楼上永远弥漫的
马桶味道里去，到石码去
即使阁楼弥漫着臭烘烘的马桶味我们也要
到石码去

到石码去，奶奶必须活回来
外公必须活回来
外婆必须活回来
爸爸必须活回来，到石码去
我和妹妹还要帮外婆摇铃铛
卖霜条——

安琪，本名黄江嫔，1969年2月生于福建漳州。中国作家协会会员。诗刊社“新世纪十佳青年女诗人”。独立或合作主编《中间代诗全集》《北漂诗篇》《卧夫诗选》。出版诗集《极地之境》《美学诊所》《万物奔腾》及随笔集《女性主义者笔记》《人间书话》等。诗作入选《中国当代文学专题教程》《中国新诗百年大典》《中国新诗百年志》等。现居北京。供职于作家网。北漂感言：得此机缘，和师力斌兄一起主编《北漂诗篇》年选，我感觉我的北漂有了意义、有了价值。感谢中国言实出版社！

无限的清单
安琪 2019-7-2

穿过狂风暴雨到皮村去（5 首）

小海

一个不称职农民的自白

我是九年制的学生
做了家中十年的半个劳动力
是打工十六载的车间工人
麦穗和电池片
几乎是我青春生命的全部记忆
而今我三十二岁
忽地想想自己的身份
我身份不明
是学生
是工人
还是一个依然在做梦的
不入流的诗人
也许这些都是过去式
或正在成为过去式
我只是一个不称职的
农民

穿过狂风暴雨到皮村去

也许闪电会把天空劈成末日
也许冰雹要把大地砸成碎泥
我还是会带着一个工人的真诚与理想
穿过暴风骤雨到皮村去

也许雾霾会把道路堵成迷宫
也许飞机会把轰鸣变成毒气
我依然要带着一个工人的勇敢与决绝
穿过暴风骤雨到皮村去

我也说不出一个完整的理由
为何我要如此固执无畏地去向那里

是新世纪的曙光吗
是新工人的力量吗
还是我在车间里受够了自己是机器

夜空的残月上挂着往日的足迹
清晨的太阳里撒下未来的虹霓
热血在黄土与雷声中沸腾滚动
一粒粒种子正渗透钢筋水泥扎根大地

去吧　去吧
穿越暴风骤雨到皮村去
那里有花和花　草和草
山河与山河　云朵与云朵
自然而然的最好相遇

礼物

我想爱你
可没什么能够给你
我不能给你打工十几年的车间疲惫
不能给你城市十月散落着的片片荒芜
不能给你干涸的河流或孤独的星空

可是我想爱你
我该给你些什么
用什么打动你
我只能给你一个孩子的纯洁和天真
给你一个男人面对落日的颤抖与赤诚
给你一个工人面对世界的觉醒及呐喊
给你一个用劳作的双手在土地上丰收的新希望

我也深知这些都还远远不够
都远远不够啊
我还要给你一生暖暖的时光
去守望你一世金秋的梦

一粒麦子的真实心愿

我是一粒八月种下的麦子

历经九个月的煎熬冻晒
如今五月到了
我归家的时候也到了

我一生只有三个亲人
一个是大地
一个是太阳
我的至亲是个农民

北方的河

八月的悲伤如永定河的水
而永定河像一道古老而孤独的伤口
日夜悬挂在苍茫北方
星子碎裂似乌云
乌云大团大团地涌向我
青春消逝的脸
月色朦胧
和黑头发
混为一体

迷失的山在夜风里吹着
流浪的我在夜风里吹着
一整个夜空的风
都破碎地吹向我
吹向破碎的我
将我吹成另一条
移动的干枯的小小永定河

小海，生于1987年，来自庄子故里——河南民权。在长三角、珠三角、京津冀打工十六年。写作六百余篇。作品在“网易人间”“澎湃人物”、《中国青年报》《北漂诗篇》《河南诗人》等发表。曾获第一届“劳动文学奖”最佳诗歌奖，“爱故乡非虚构写作大赛”2019年度人物奖。老舍文学院诗歌高研班学员，皮村文学小组成员。北漂感言：继续漂吧，直到把青春的荆棘尘埃，漂成梦里的星辰大海。

10号线（4首）

马文秀

10号线

独处，从不带情绪
不会任性、妒忌甚至
指责世间的不公
喜、怒、哀、乐，皆成景色。

而被自己耗损过的时间却无比吝啬
清晰、详尽地记录着
无数个脚步迟缓的缘由。
譬如：10号线拥挤人流所耗损的上班时间
以及等待每趟车的分钟数
如此精准记录下撒落的情绪
拉长了独处与渴望自由的距离
周而复始，正如异乡人的漂泊
总有相似的绝望，在深夜中相遇。

大年三十

所有的意象聚众狂欢
团聚的家庭在一场春节联欢晚会里
呈现被生活过滤后的喜悦
辞旧迎新，一切悲欢离合拒之门外
而此刻首都机场
我的出现显得慌乱而窘迫
大年三十
我已被这大团圆的数字边缘化
从一场孤独奔赴另一场孤独
此时流浪汉也该团聚了
而我恰恰成了被孤立的存在
瘦骨嶙峋，连词汇也对我躲闪
于是，润笔、研磨想象生命的轨迹
在一撇一横里见终古

孤独的人
将流浪的生活定义为奔赴
让“匆忙”来掩饰每个崩溃的瞬间。

亏欠

白天的喧闹，深夜难以终止
五脏六腑如若起伏
便会在深夜最脆弱的时候
也会在阴雨天孤独的时候
碰到出没“暗礁”，并清楚记录下
人世间的“亏欠”。
父母卧病在床，而我也遥相呼应
咳嗽连连，颤抖的肺部
时刻准备从口中，
一跃而出。
漂泊在外，父母生病
伸不到一双照料的手，亏欠就越深
人一生病就变成了孩子
喜欢任性、念旧，甚至哭泣
及时的安慰甚至比一颗糖果更要香甜
生活中总有亏欠，父母与孩子
亏欠总是无法详述
填不满的沟壑，留住的都是心底的回声。

留下遗憾的人

留下遗憾的人，躲进夕阳里
生怕一个背影甚至比河流还要湍急

向前，听不到孤独的风
狂舞在夜幕中，抛却目光所至的事物
向后，寻不见一种思念的人
起身走向晚霞更深处

铺设在床前的沉痛
连缀着词语衍生出的故事
站在河对岸的老人
再难以等到一个波澜起伏的夜晚

被隐去的疼痛
像极了泪珠状的心事
汇集在一起，弄湿了枕头。

马文秀，1993年生，现居北京。青海省青年联合会第十一届委员、青海省作家协会会员。作品见于《中国作家》《诗刊》《民族文学》《创世纪》、美国《休斯顿诗苑》、日本《诗与思想》等百余种刊物。著有诗集《雪域回声》等。诗集《老街口》入选2019年度少数民族文学重点扶持项目。部分作品被翻译成英语、法语、俄语、日语、韩语、藏语等多种语言。

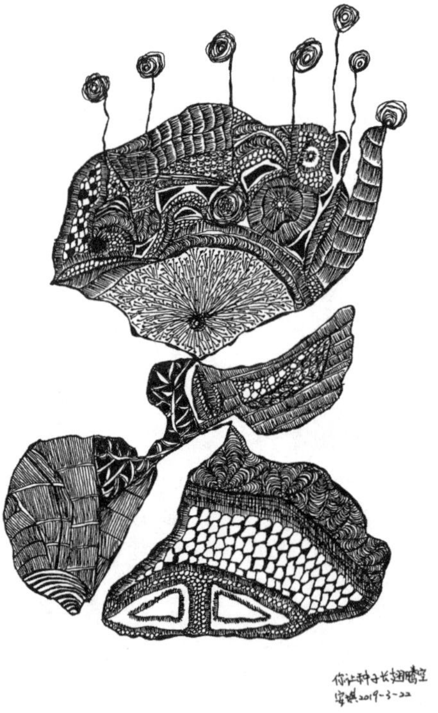

通州纪行（3 首）

姜博瀚

北飘香

我多么喜欢“北飘香”
流淌出来的火锅味
在北三环，蓟门桥一带
银杏树。金黄色的秋天
男导演和女演员，大胡子和黑墨镜
吃着火锅，看着窗外的美景
而，群众演员，流浪汉，失业者
围坐在路边议论着餐桌端上来的羊肉
十六岁的少男少女，站在银杏树下
朗诵，舞剑，还时不时猜想，走神
厚厚剧本的故事，到底
有没有露镜头的一个小角色。他们
的想法很单纯，在一个特定的场景
他们在大腕的身后静静地走过
或者，躺在地上憋着气——谁最像死尸
一个后脑勺，没有一句台词
无须看一下摄影机。谁要是敢看
副导演会破口大骂，他妈的傻逼
会不会好好走路，懂不懂镜头——穿帮
他们根本不会去电影院看一下自己的后背
肯定的是：
他们会跟亲朋好友说起，我的作品，在抗日剧
演了一个鬼子，被炸得屁滚尿流；在清宫戏
饰演了一个丫鬟，就在格格旁边站着的那个
先前。他们还会在地下室里沉迷电影的梦
包括我自己，对电影的那种爱
如今，地下室关闭，没有水电，拦住闲散人员
他们只好去工厂做电工，保安，和网吧投票
每个礼拜日，利用
休息的工夫，在北影厂门口耗上一天时间
皮肤晒得黝黑，人的眼睛飘逸出坚定

等待凌晨五点的北京，来一个副导演
或者是群头，被一辆大巴车把他们接走
群戏也好，特约也好，只要能进剧组
听听转动的摄影机，留法回来的
录音师说“饶令”，制片主任喊：收工
瘫坐在地吃一顿盒饭，这些香气，人工降雨
湿透的树木唰唰唰
滴落下来的时刻

燕郊西

我见到你含笑的嘴唇就想亲吻
你婀娜多姿地走来，下着蒙蒙小雨的林荫大道
树在林立高楼里摇晃，你舞动的裙摆
首尔甜城社区，塑胶跑道——
两只宠物狗紧随其后：一只哈士奇，一只泰迪
狂吠着冲向外卖的电动车，飞驰的夜
飘洒香喷喷的橱窗，灯火通明

雨，突然下大了，我竟然毫无察觉

我见到徐尹路上的桃子就想咬一口
翟宋路两旁的桃园，香气怡人
从燕郊通往北京的燕潮大桥
是一座幸福人民的大桥
卖桃子的乡村少女，抚摸着桃叶
招呼着从城市回到乡下（辛苦了一天的
上班族，鲜红的桃子
红润了嘴唇）疾驰的车辆
一层层桃毛，弄痒了我的手背

在小径拐弯的地方——潮白河畔
我在洗两个桃子。那种绿色的
很清脆的童年成长的味道。

大桥，响起动人的音乐。晚霞映照
你看，迷人的乡村啊
蝙蝠飞出来了，它在夜色里起舞——红色的薄纱，红蝙蝠衫
热晕了的大地一片蒸腾，而风

从河面上吹来。你坚定的眼神，望着脚下的前程
还在等待什么，年轻人们啊！蝴蝶翩跹，令箭荷花
盛开在窗前。——到燕郊西来做我的爱人。

通州纪行

石头建成了张家湾
张家湾依大运河北端之唯一大型码头
曹家染坊在小花枝巷，韵味幽深
一株鲜红的桃花盛开在萧太后河畔。
石碑伫立。南门，三棵国槐深入苍穹。
一个放风筝的孩子，奔跑在石桥；
一串金光闪闪的九龙，在云霄摇摆。
我站在石狮子旁想象着石头城的走会、过会与喧哗：黛玉
从南方进京下船，她是否依旧是满腹心事
她的微笑，张家湾的女孩子那么灿烂。
一片红色瓦房，飞翔的白色鸽子在十里街
咕咕，落在蓝色的大门，明亮的眸子
——天空更加蔚蓝，壮观
我站在石头城墙西望，远处的北京，高楼大厦林立
再不用石头垒砌，混凝土，塔吊，推土机
城墙下的老人晒太阳，晒得幸福而安详。
张家湾。通运桥。三孔古石。雪芹先生像。
石狮子形态各异像做着一个，关于
新时代大北京的梦。

姜博瀚，本名姜宝龙，山东胶州洋河湾人。诗人、小说家、剧作家、电影导演。系中国作家协会会员、中国电影家协会会员、中国电影文学学会会员。2004 年毕业于北京电影学院电影文学系，获文学学士学位。作品散见于《上海文学》《中国作家》《芳草》《天涯》等文学刊物。有诗歌收入《北漂诗篇（2017 卷）》《北漂诗篇（2018 卷）》。《在燕郊》被评为中国诗歌网“每日好诗”。著有小说《顺着迷人的香气长大》《我和我父亲的过去与现在》《电影是一种乡愁》。

高峰期地铁（2 首）

何旭

隔壁的生活

一个人的时候
隔壁的声音跳出来
交谈　吵闹　歌唱
隔壁的人不知道
有多少观众在隔壁
肚子饿了
饭香从门窗缝隙溜进来
青椒炒肉
白米蒸饭
隔壁的人在碰杯
欢声笑语

在我的隔壁
也住着一个邻居
从不发出任何声响
出于对他的尊重
我每一次悄悄地
悄悄地
开门走进
推门而出
不发出任何声响

高峰期地铁

站在疾驰的地铁
没有座位
没有扶手
靠两只脚与世界连接

车厢颠簸
时时刻刻与它争力

它向左我向右
它向右我向左

出发前
知道去哪里
出发后
却忘了目的地
甚至也忘了
到哪一站换乘
只抱着站稳一个目的
不断地争力
颠簸　再争力
一个颠簸的灵魂
仿佛要脱离自己

何旭，男，1988 年 10 月 28 日出生，2013 年来到北京。现为编剧、制片人。北漂感言：我喜欢北京，这里容得下梦想，放得下希望，生活起来有劲头。在这里，高人的身段不会太高，大家比较平等；这里，俗人也不会太俗，貌似每个人都能侃侃而谈；这里，做了什么丢人的蠢事也不怕，纵身人海，沧海一粟而已……

朗格汉岛的午后
安琪 2019-7-1

凌晨三点的北京站（2 首）

王长征

夜晚的流浪猫

黑暗醒起
流浪猫让篮球场静了下来
城市的呼吸不再流动
凝固成墨色的花朵
猫掌踩着安静
厚厚的肉垫击打孤独
与空旷较劲

喧嚣的起义者
被夜晚逼到这个遗忘的角落
世界静得连呼吸都是罪过
一瓣枯萎的风
想起恍若隔世的男孩
流浪猫滋长无边的寂寞
仅仅因为想起了主人
空无一人的水泥地
它只好独自背靠着
海洋般的寂静

凌晨三点的北京站

从地下钻出的人群
翻开一页又一页的等待
像一群游累的蝌蚪
献出与世无争的耐心
地铁的车门犹如孕育雨点的云朵
迟迟不肯生产

生意火爆的店铺
用喇叭驱逐拥堵在门口的行人
厕所里避风的人越来越多

像一地蜷缩的烟头
遗弃在时间的缝隙
清洁工将他们一一收拢
并清理出去
难以立足的站前广场
愤懑汇聚成汹涌河流
随时都有可能决堤

天冷得像冰河世纪
人情比星光暗淡
时代的废墟上
许多人学会了顺从
大田里走出来的麦粒
在这黎明时刻焦急地盼着
开往生产线的城铁

王长征，安徽省界首市人。现居北京。作品见于《中国作家》《诗刊》《星星》《延河》《诗潮》《诗林》《散文诗》《中国文化报》《人民日报》等数百家报刊。作品入选数十种文学选本。出版《漂在北京》《鹿鸣》《心向未来》等多部诗集。主编《中国汉诗》。荣获第二届中国长诗奖、中国诗歌万里行优秀诗人奖、海峡两岸文化交流贡献奖、安徽省年度青年诗人奖等多个奖项。作品被译成英、俄、法、韩等多种语言。

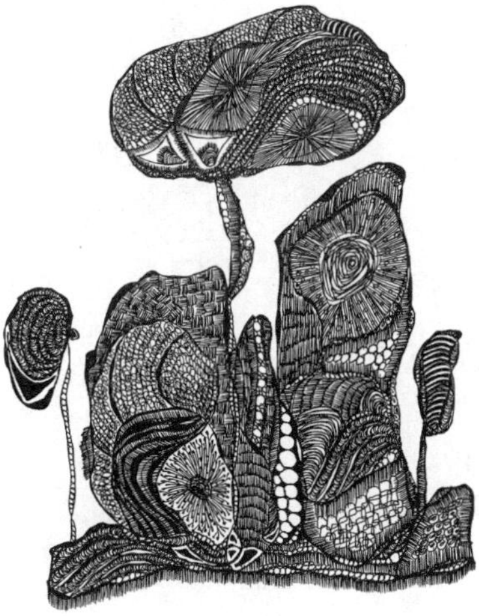

万物静默如谜
安琪 2019-6-23

一首单曲循环一首单曲（3 首）

玙姬

粉色驾驭金属之舟

摄影还是绘画，
无可诠释粉色的横纹之心，
它背离色彩的轨道通往金属，
用粉色的树纹长着的唯一桃子挑战极限。
黑色开始褪色，
星期四已经从未来穿越过渡期，
它现在深深沉陷于灰色地带，
春风和暖阳升起昨日的锈色，
希望明媚。
昨日的昨日风烟俱净。
粉色驾驭金属之舟，
星期五降临艺术沙滩，
仙迹秘宗立体环绕，
金属之声归位于金属本色，
暖暖昨日，隔绝昨日。

一首单曲循环一首单曲

红色褪去十字箭头，
时光发酵一切众生，
一个源头成为另一个源头的因缘。
青莲大写，天蓝高远，
万千色系无法诠释，
生命的种种组合，
X Y 与 Z，无尽的 X X X……
普蓝的撞针送走原初的人，
紫色还在激荡棉麻或雨露。
橘红的月光滞留另一个空间站，
薄凉的风烟刷洗灵魂的骷髅。
灵魂与灵魂对峙，
骷髅与骷髅站立酞青蓝岸。

一颗草莓镶嵌迷你蛋糕，
一块红黄蓝挤占一颗心脏，
空间退出空间。
一幅画承载一首诗，
一首单曲循环一首单曲。
时间的钥匙开启洪荒之门，
亿万色系纷至沓来，流殇而去……

残花的金盾与箭镞

蜂蜜和刺五加蝉联夜月
倾吐不完的冰霜，
西边的人还在等候东边的日出，
理查德的钢琴回旋梦的墓地。
撒旦褪下袈裟便是赤条条一条蛇，
长长的龙蛇滚动一身的花瓣，
万紫千红扭曲一团，
猩甜的花魂无法诠释一个字词。
绿叶的锯齿四季转动
残花的金盾与箭镞，
呼应今夜冰霜的银盘，
那昨夜的梦已在梦中死亡。

玙姬，女诗人，画家，原系某高校教师，2016 中国上苑艺术馆住馆诗人，现居北京。著长诗《大荒经》《秋天十二章》，诗歌集《音乐诗》《花语诗》《王与姬》《T 型台》等。有诗歌入选湖北省高中课程改革指导刊物《高中生学习》和《2016 中国诗歌排行榜》以及《湖北诗歌现场 · 2013》等。

大寒（4首）

柳风

风起大鹏

风是有形的，风是木棉，风是蒲梢
风是吐蕊的花苞
风是蝶翅，风是雨点
风是一种默契，一种精神
一声柳笛，一阵风铃，一片波涛

风是无形的，风在大地生根
又在万物上成熟。风是难以察觉的微笑
是眸子深处的荡漾
是篱笆上的缠绕
风在河里浑水摸鱼，又被柳枝垂钓

风在针尖上削铁
在波浪上舞蹈！风啊
风是丽妹优雅的影子
在大亚湾里，一路打情骂俏
登上大鹏新城，风是法外之人

一匹马深入自己的影子

一匹马站在草原，站在干干净净的风中
站在我的灵魂深处，仰天长啸
一匹马深入自己的影子
一阵风收留了她的心跳

一匹马在自己的影子里奔跑
终于马头琴跑出了她的长调
当她交出了马背上的颠簸之后
一匹马的影子开始深入人心

岁月如风

喃喃自语的风，依依不舍的风
把点点滴滴的交流和对话，停留在某个时刻
风在度雨，雨在度风
况味平生的人，才能感受彼此的内心

风按照我的意思发芽
雨按照你的意思生根，
体内的雨水，储存了多年的雨水
开始穿越时空，穿越我们短暂的一生

大寒

2018 年的冬天，北京的风特别干
快过年了，雪花还没见一片
枝头的孤单，被风吹来吹去
寻寻觅觅的梅，只能独享自己的绝色
一种抑郁的慢，在四野回旋
就像爱，一个人无法咬破两个人的茧

柳风，第四届中国诗歌春晚年度诗人。2008 年开始北漂。北漂感言：在北京感触最深的就是高峰时段，车站里面人挤人，地铁上面肉挤肉。

一片叶也如同这么对待（2 首）

桉予

询问

我已无数回梦见他
梦见他也在梦我
向我诉说他的梦
在一栋陌生的商厦
许多蜂鸟在向我们冲来
一只只鸟不停朝我们俯冲
所以我们在抵抗
里面的梦在抗拒
惊醒了外面沉睡的梦
现在是北京中午
人群重复着工作
人群推着人群走

一片叶也如同这么对待

她时常因为简短的爱慕，健忘岁月
毫不担忧发际，明日的体重
未曾用三十减过岁数。她并非
精致的女人，但足够纯粹，年轻
乖巧如小兔。人类所见过的
漂亮的树植相似太多，但她简单
她信任但凡她能听到的“我爱你”
世界如何复制基因，她的颜色无衰
而她茂绿的上衣走进大片茂绿便不会显现
但她简单。于是你只好欺骗自己要去爱
躺在所有人怀里流汗的女神
赞美她，为她起像玫瑰的名字——
羊蹄甲，决明花。

桉予，1995 年 3 月生，山东人。2013 年来京，目前就读于北京大学。北漂感言：北京很大也很忙碌，能够不为“谈事”为“诗歌”去见面的人，一定是真爱呢。

面壁者（2 首）

空巷子

对山的一点感想

积攒的雨水再一次茂盛
群山的腹地
住着未改的乡音
都是朴素的
理想的小日子
从一座小院开始
把走失的亲人都聚起来
万物生长

梦境真实
有哽咽的风走漏了消息
它说一片叶子的身世
“空有赴死之心，
无法归去。”

面壁者

许多的部分变得这么清晰
和你说过的话
是内心的海水

失踪者无迹可寻
她苦难的一生
越来越轻

尚可追忆的
是汹涌的潮声
时刻提醒守夜人
“这月光清白，
在捍卫着什么”

空巷子，张家口人。北漂多年。北漂感言：北漂多年才知道，不管你多么努力，你永远无法与这个城市融为一体，永远是异乡人。我们终究会因为这样或那样的原因离开这里，回到我们的家乡。那里，有我爱着的草木和亲人。

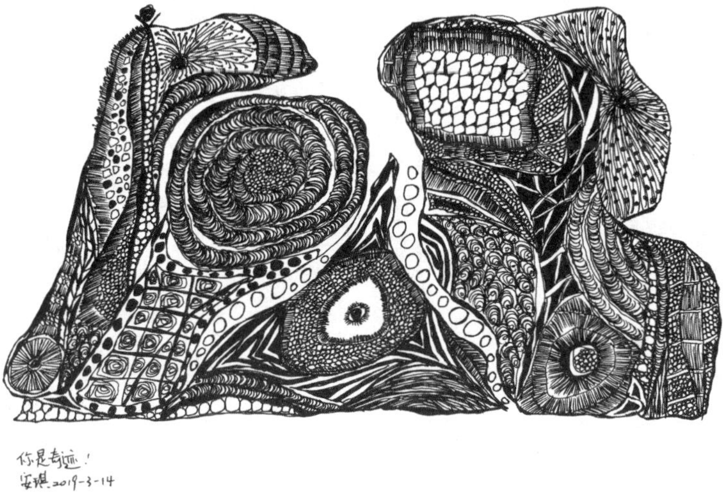

东灵山的喂养

曾龙

灯光把黑暗燃烧成炭，
山岚深呼吸，
把火焰抽进烟斗里，
凌晨静默的雨缺乏仪式，
用轻踏在石板上的节奏，
踩瞎了眨眼的灯。

苏醒熄灭了想要活着的梦，
落叶经不起风的吹捧，
秋天的眼睛凹陷成金黄的地面，
在窥探中，
流出两行泪，追赶奔腾的河流。

黄昏铺满飞鸟的残羹，
风用火焰的舌头舔舐深林，
这用雷鸣在鼓舞的掌声，
只是孤灯和影子，
同时保持在两个人狂欢的凌晨。

最甜的乳液也腻了，
背影不再需要东灵山的喂养，
我不知道我是谁的孩子，
正如我不知道，
一只睁着的眼，
从一只闭着的眼里流出了泪光。

曾龙，生于1997年，做过跆拳道教练、电商主播、导游等十几种职业。中国诗歌学会会员，湖南省写作学会会员。有作品被翻译成韩文。北漂感言：不是故乡，却有着永远的乡愁。

冲出水面，兑现一个新的我（2 首）

梦娜

冲出水面，兑现一个新的我

心与心的碰撞
是爱的燃烧
激情与激情的缠绕
是蓝色的火焰在奔跑
欲望与欲望的对视
是不可预知的深渊
我知道你不在我身边
而且永远不会在我身边
我驰骋在你魔鬼般诱惑的悬崖上
你已经杀死了我，你已经创造了我
你已经吞没了我，你已经沦陷了我
然而，只有你才能挽救我
那不可救药的沦陷
只有你才能吞没我
将我沉入海底，化作一缕水烟
冲出水面，兑现一个新的我

这不属于我的哀伤

你用尘世的心
冷却了我
熊熊燃烧的火焰
我躺下
请为我斟上烈酒
我本以为
我将永远属于你
由你一人独享
你为渴望到的爱情而迷醉
而如今，你独自放开
我澎湃的激情与苏醒的灵魂
我要喝下这杯酒

以及你喂养我的誓言
我要全部吞下
酒醒之后，美就消失了
连同这沦陷了的情欲
满载九歌的一世真情啊
我将献给谁
谁能独享我善良而高贵的情感
这不属于我的哀伤

梦娜，原名李梦娜，1968 年 9 月 1 日出生在辽西半岛兴城，1990 年 9 月开始漂泊北京至今。自由职业者。上学时写诗，然而生活不是诗，于是写起了小说，然而生活也不是小说，生活就是活着，为了活着，还想写诗。

刺痛猛虎（4首）

述一

高脚杯的不眠之夜

一只高脚杯
晃晃悠悠行走都市街衢
酒红的香
灼伤夜行人的眼睛
气体的回头率
意识的味觉
喝酒人惺惺的迷醉

高档的玻璃酒器
透明的温存
把在谁的手里轻轻摇晃
一朵绯红溢出脸颊
世上饮酒的人
你的心
还荡漾在高脚杯无眠的夜里

刺痛猛虎

走在烈日炎炎的大街上
我想从体内抽一把镰刀出来
割掉身上疯长的麦芒
而不是麦子

麦子谦逊，麦穗低垂
我却只能身穿巨刺
游走在行色匆匆的人群里
晃荡着暴晒的肉味儿

人油，滋在发梢
微盐，沥在额头
无数芒刺串起的肉串儿

衔在太阳雄狮的口中

我直立，快速向前
我匍匐，寻求水源
不过是横竖行走的活物儿
发肤毛孔还在隐隐作痛

祭

梦到一首诗
梦到大风在夜里狂舞
我从床上升起来
朝日从河面升起来

我被端到神的面前
赤裸着身子，像是祭品
我的眼睛里全是泪水
死亡的泪水抵止流水向前

我的时间在梦里荒芜
我从降生就开始向死狂奔
我以祭品的身份慢下来
听到哭声那么寂静

泪水是清白的祭祀
混浊的肉体令我忏悔
我多么想化身大风
舞动诗的羽翼，奔向大海

泥巢

谷雨日清早到阜内北街 8 号
迎接我的春雨洒扫路面
细蒙蒙的新绿跃上老树枝头

我的欣喜如敞开的庭院
伸长脖子向街上张望，店铺
尚未开门，只有星星的雨和我

我的脚迹印在落雨的老街
落在鲁迅旧居前先生的道路上
往复回环，小雨滴走在我发根里

我的头皮被擦亮，思想之光
照见街边三间小屋，静默的底蕴
柔光暖暖的泥巢，我住进自己的长袍

述一，原名张耒量。1987年生于山东沾化。现定居北京。作品见于《山西文学》《山东文学》《延河》《作品》《青年文学》等刊物。著有长篇电视剧本《魏氏庄园》、电影剧本《昆仑·创世》、长篇小说《昆仑神话》三部九卷，及中篇小说《案头》《南山》《乡村画家》《爱情故事》等。

致猴年

曹喜蛙

最喜欢畅想
你浑身的金毛，
野性，
那是心底
缜密的荒原。
最是喜欢撒手不管
任你抡起金箍棒，
那狠，
那对旧世界
无情胜有情的杀戮。
拜年，
那混账话味同嚼蜡
说了已有千年万年，
那也不妨再说一万遍，
新年快乐，
顺便
在太上老君的炼丹炉里，
用三昧真火
洗个猴脸，
顺便也炼个
金睛火眼。

曹喜蛙，1966 年 3 月 8 日生，山西运城河津人。中国人民大学哲学系研究生，艺术评论家、诗人。曾任职《人民日报（海外版）》《名牌时报》《环球游报》等多家媒体。1988 年在《北京文学》发表处女诗，之后在《诗刊》《星星》《中国诗人》等刊物发表诗歌。著有诗集《悲剧舞台》等。1992 年 5 月开始北漂。北漂感言：北漂是另一种诗意的革命。

生命于秋中怒燃（4 首）

铁血寒冰

黑夜，蔓延雨的味道

时间，从我这儿拿走了什么
或许，雨也带不走半颗心去寻找另一半

我只想碎得更彻底
用一万把斧头的锋芒
劈向所有的末路狂徒
这挥霍不完的黑夜
都是被眺望固定的尽头

安静下，添一口雨的味道
也是伤口的味道在黑夜里蔓延

生命于秋中怒燃

万物都在迎接秋的盛宴
蝉的鸣叫催拉着枯草落叶
拉长着生命无续的延伸

窗台上一株小小新芽
不知不觉攀升于秋的时季
生命燃烧着无声顽强与抗争

或许，你不会开花结果
只是看一眼这尘世的光明
多想，借你一份不死的激情
装点于爬行中呐喊的灵魂

让生命爬行于秋花中

初秋的一朵小花，扛着
枯黄、干瘪、软蔫的来临

叶，早已化作根根刺插入生命
不管未来或是永生
都在用你的呐喊
来砸痛我神经、砸醒魂灵

可否，让你孤放的色彩带着我
爬进你的花蕊，只唯看一眼
你孤寂背后的那一抹苍凉与坚强

夜怒昙花

夜来，你怒放
不是白莲胜似白莲
寂静无主，留驻瞬间精彩

点燃一朵朵花蕊
带走夜的深沉
只为明日，追寻一点光明
是你一生灿烂的归来

铁血寒冰，1978 年出生于天府之国四川，现为北京顺义作家协会会员、中华诗歌网编辑、南国文学社北京顺义分社长。1999 年参军到北京。

后厂村记（3 首）

冯朝军

无名氏

不知道她叫什么。傍晚搬进来的
清早，只看见门上的一把铁锁
周六日也看不见。一日午后
下雨，她头戴一顶黄色安全帽，一身白灰点
匆匆赶回
在公用水池洗一块很小的肉
炒菜，做饭，关门，一首歌从手机里传出来
时间久些，看清她三十多点的年纪，和
几分姿色
偶尔，在睡前，能听见她在电话里和一个人
很凶地吵架
偶尔，能听见她柔声叫一个孩子的小名
说很久，全是关心
偶有男工友来住；一个老丑的男人来砸门
被一声骂
撵得狗一样夹着尾巴逃去
天气越来越热
晚上，她洗完澡，穿碎花的睡裙
不戴胸罩，在公用水池边洗衣服。不说话
也不斜视，像一个女鬼
飘过大杂院闹哄哄的人群

欢喜

欢喜，不是一个玩具，不是
一件新衣服
是每年的寒假和暑假
假期到了
他们啄破冰冷孤独的梦
伸展出单薄的羽翼，叽叽喳喳
飞到父母的巢里

在城市，父母的巢穴简陋只是挡挡风雨
他们并不去与高楼大厦作比，欢喜是
“在一起”

欢喜很短暂。开学的时间一到
他们就要飞回
谁量过分离的重，要让他们小小的翅膀
使出多大的力？

倒退

一口流利的普通话，在乡间中学
结巴了
说出来，冒着讥讽的危险。众口一调
千军万马里无力还手，没有盾牌
他不能理解为什么忽然羞涩，人群里
孤独，垂首

讲台上，讲台下，都是坚固的墙壁
方言从头学起
方言里凿出窗子，方言里凿出门

生在北京，小学
读在北京。北京，普通话普通的北京城
但他不是北京人
普通话，是借来的

固始，这个陌生的地方，这里的方言
才是接纳他的语系

推开大学的门，从方言开始
青春期，从方言开始
他倒退着回到方言，倒退着
回到陌生的“老家”里

冯朝军，河南固始人，20世纪70年代生人，北漂十余年。诗歌作品见于《星星》《诗潮》《中国诗歌》《草原》《奔流》等文学报刊。

被自己的影子吓了一跳（3 首）

红河

被自己的影子吓了一跳

有时候，觉着自己很渺小
难道不是这样吗

被自己的影子吓了一跳
巨大的绿荫，像灵魂

曾经打开天空的羽翼
把脚下的道路铺向远方

春日的晚上，幽暗的灯光
把自己放大了的是不是莫名的郁伤

难以忘怀

闲着的时候
想起一件事来
我觉着回老家的时候
应该去串个门
不应该忘了
老人家
已经很老了
我为此而祈祷
认识他们的时候
大约就是我现在的年龄
对我足够和蔼
可是
我每次都没有这个时间
这么多年来
音讯皆无
有谁会想到
我会回来

打一个招呼
可真难
我担心由于自己的唐突
失去了以往的静日
今天晚上
我本想征求一下夫人的意见
话到嘴边又戛然而止

北京的蚂蚁

我看到一只蚂蚁
我好久没有看到蚂蚁了
我先是看见一只
接着是三五只
然后就是一群蚂蚁

蚂蚁依然是黑的
依然很忙
依然保持着蚁科的形状
让我不至于大惊小呼
呀——这是什么奇怪的东西

蚂蚁从树上下来
遇到了坚实的水泥
蚂蚁在柏油路上漫无目的地行走
像一些凝重的字
伸展着不完整的意思

北京的蚂蚁其实很多
北京的蚂蚁显得有点小
愈来愈高的建筑
不仅让小小的蚂蚁
也让高大的人接近无有

红河，1963年10月15日出生，山东潍坊人，2003年来京。中国作家协会会员，1985年开始发表作品，出版诗文集多部，曾主编或参与主编《中国文艺30年》《中国文艺55年》《文艺报》美术专刊等。

归（2 首）

朱德冬

归

我们追求远方
很远，以至于达不到那里

我们追求的远方
很近，将右手放在心上就可以听到
“砰砰”

风来自远方，应该归于天空
化作可存储思念的雨滴

尘土来自土地，应该归于大地
将种子播在里面，春天长出来

雷电来自云层，应该归于乌云
像昙花一样闪现，而后归于寂静

温暖来自我眼中的你
应该将怦然心动归还给你

而后
看你将杯子里的水喝完，默默
看你将一本书读完，默默
看你将孩子哄睡，默默

月光皎洁不染尘
梦，归周公

燃点

对于他们，或者是我们
有时是麻雀

一开始要从地面上小心翼翼地觅食
偶尔飞上枝头，望向远方
想象，是否有树的种子落地

对于他们，或者是我们
有时是雄鹰
飞到山巅，一切皆是一望无际的可能
跃入云霄，可急，可慢，可缓
却也要狠命地啄击岩石

对于他们，或者我们
有时是凤凰
从浮躁，消沉，黯然
到成熟，稳重，坚强
依然需要自焚为灰烬
也许，也许可以重生
抑或，那些毁灭

对于他们，或者我们
是人啊
一个真真切切的人啊
有骨血，有魂魄
可人啊，需要一个燃烧的爆点
创业啊，他们或者我们
在春夏秋冬里放了“火焰”

朱德冬，笔名小溪、宙斯，1986 年 12 月出生。2008 年 10 月开始北漂，北京诗社秘书，《北京诗人》特邀编辑。2013 年 5 月出版诗集《以美之名》。作品散见《桃花源诗刊》《北京诗人》《华东文学》《中国诗词月刊》等各类报纸杂志。北漂感言：北漂其实就是地域的一个更换，是过往，是回忆，是奋斗，是苦，亦是甜，走过的每一步都是生命的痕迹，无畏过去，不惧将来。

我怀念你子宫里的岁月

靳朗

我幻想我，还存留于
你子宫里的岁月
那时候，我们母子一体
世上任何事，都无法
将我们分开

而今，我漂泊异乡
所有努力的目的
不过是，离鲁故城更远
离父亲更远
而你的不舍深沉——
“走吧！天大地大，
叛逆的小鸟
终究要学会独自飞翔。”
但兀自滑翔的日子，并不浪漫
我在一节异乡的地铁中
尝到了叛逆的孤独

我渴望，回归
你子宫里的岁月
那时我只是一个——
天真而单纯的细胞
对外面的世界
充满了不必要的好奇
没有叛逆的思想
与孤独的悲哀

世上任何人或事
都无法将我们分开
而今动辄便是别离
我兀自怀念
你子宫里的岁月

靳朗，1996 年 11 月生，2018 年 9 月北漂求学。北漂感言：我的流浪绝对不是从北京开始的，出生的那一刻我就在流浪。我没有故乡。大西北、鲁故城、青岛和北京，或生育了我，或教养了我，但我所逗留过的地方都只是我的寄居地，都只是我生命中注定会错过的一段。北京是我现在所处的驿站，我不知道自己来自何方，亦不知去往何处，我的心在求学的充实中茫然，但是每一个收留我、改善我的驿站，我都心怀感念，包括北京。

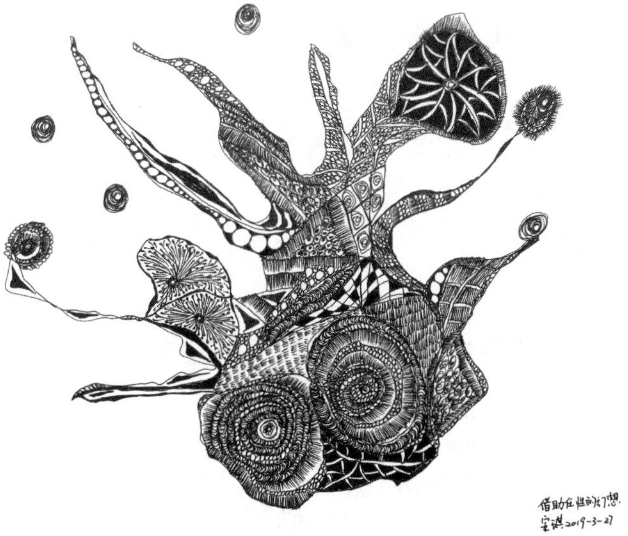

把一胸腔的疼埋起来（3 首）

老猛

把黑夜全部留给我

面对一架陌生的钢琴，女巫在自己的调调里
无须用双手弹奏
但是她却弹响了我，黑白之间莫名其妙的弦
月亮带领了一大堆星星
把天空铺满了，只留下稀疏的缝隙，盛放了一些
黑色
酒在千年之后呈琥珀色
不能饮
看一眼就能醉上一辈子，或者几辈子
我站在岸边，捞起水中的月亮
拧干
湖里只剩下黑色的倒影
夜的样子，美或不美的样子
黑黑的，静在那里
把那些白天不懂的东西，都给我留下
还有我面前，你一路延伸的脚印
我试着踩着它们走了走，但没有把握住节奏
停下来，在夜的黑里，像品一杯不知名的酒
不皱眉头，不咳嗽
将一颗老醋花生，咬出谁也不知道的
味道

把一胸腔的疼埋起来

把一胸腔的疼埋起来
疼是不疼了
却憋得难受

就像发芽的种子
在拼命寻找缝隙
思想

寻找出路

就像一整个春天没有雨水
干得像火

把一胸腔的疼埋起来
疼是不疼了
却总有些东西
在大脑里互相冲撞
水火不容

关上灯我看不见你的眼睛

关上灯我看不见你的眼睛
不知道什么样的波
在那里流动
在磁场或者什么场里
我的思维努力转动
我关掉音乐以及所有噪音
我静静地听
我听见温暖从你那里
渐渐飘移
当她到达了我
到达了我的灵魂
是一种什么样的战栗
让细胞都变得如此灵敏
关上灯我看不见黑暗
看不到你的眼睛
我听到风声
掠过我耳边时的停顿
似乎在告诉我一个秘密
能够毁灭我短暂的一生
或者让他从此辉煌并且灿烂起来
这别无选择的选择
并不需要任何一种眼神
暗示或者大声呼喊
只需要静静地坐着
用心的每一根神经
了解那深刻的跌宕的律动

关上灯
世界依然开着
我伸手去摸那扇紧闭的门
也许我的力量不足以打开她
而我的灵魂已先我而进
用一切能够想象的喜悦歌唱吧
此刻
沐浴在黑暗里的我的身体
瑜伽般缓缓飞升
我按捺住脑海里奔腾的意念
我看不见你的眼睛
那里的波动却命中了我的左手
又极速传递到右手
瞬间燃遍周身
关上灯我看不见你的眼睛
而你却保留了打开它的灯绳
只需你轻轻地一拉
世界就全是你的了
而你
成了我的全部
成了除神以外
对我唯一的掌控

老猛，男，生于1968年12月26日，内蒙古作家协会会员。2007年开始在京工作。

镜中（3 首）

温经天

风雨浪人

繁花，似锦，一步步。越到山顶
植物越发稀疏，裸露根须
等人千年相识相认
大地蒸腾霞光，山顶清净无尘
一低手，抓到翅膀和歌谣的尾音
一抬手，就握住云之根

道士下山，路遇的故事无端离奇
哭笑之间，嘲弄多情的绿荫
你们！妄想返回山中安逸
快疾驰并沉溺于泥塘、朽木、瓦砾
磨凸起的骨锥，刺多汁的肤肌
方可称谓：一匹风雨浪人

花开，为铭记岁月重沓的节拍
天际，比无更高，比高更深
心有枯穴，吞咽望不尽的碧水
腹有深井，坠毁白玉和黄金
斜目，歪嘴，憨笑，混迹于污浊街市
再无人相识，你得以脱身

镜中

我看见攀缘的手和营救的手
一只眼前，一只悬挂镜中
白色蒙古包横列在黑色草原远处

我看见散发奔跑的人背部
汗水流淌成河，河水在公路上越流越阔
十个短发的、寸头的、秃顶的、绒毛的人在前方
跑着、跳着、走着、弯腰、匍匐

我看见以上图像，在屏幕里闪现，拐弯，停留
敲打云朵的潮湿包裹
春雨就洒向草原，激活无数潜伏的虫鸣

然而当我触摸它们，它们就冰冻，隆起，形成山峦
逼迫我放下手指，键盘，锄头
告诫我，一切多无用

翅膀超越所有想象的高度
孕育一座天空吧！敲打碧蓝的镜子，当它碎裂
更明亮的世界已然止住伤口
圆形笼罩，城郭静寂

建筑墙体的每一道纹路都异常清晰
女人眼中每一丝渴望都异常翻涌
孩子嘴角每一滴眼泪异常沉重

我看见攀缘的手和营救的手
一只在歌唱，一只在哀求

一头彩色的鼓怎么包围穹顶

他有三个身份：浪子，书生，工蜂
天空有三个神器：乌云，星辰，和鼓
一头彩色的鼓，一面白天，一面黑夜
不足为奇啊——奇怪，天空走失鼓的主人

据说他行进在铁轨、道路和墙外
天空降下雨，雪花，全部属于河流的范畴
一头彩色的鼓就是一头欢愉的兽
它不掌管时间，却用敲击、震颤和回响去记载

某一年某一日的黯淡、断裂、悲苦
鼓里有风神和雨神联袂，不定期摧毁屋顶房门
路牌水泥，山河荒野；鼓里有八个被关押的太阳
兄弟们合议伟大的反扑

为了春天。花朵们持续醒来，制造音色

靠近沙漠地带，一头彩色的鼓，动用玄黄
点染你整座青春的枯枝
扒掉你多余的言辞

谁才是那赤裸、无私的贤者，让他苦尽甘来
谁才是那出走绝望的鼓手，派他编撰
美与痛之回忆录。一头彩色的鼓怎么包围了穹顶
一场战役迫在眉睫，即将发生

温经天，1978 年 3 月生于河北承德。诗歌及文学评论散见《青年文学》《诗选刊》《诗歌月刊》《中国诗歌》《特区文学》《滇池》等。著有诗集《致不朽之风赞美诗》《旷世书》。2014 年 12 月至今，工作生活在北京朝阳，目前从事新媒体工作。

密码（4 首）

王彬

那个叫赵庄的村子

那个叫赵庄的村子，有许多
留守的老人和孩子，以及我的父母
谷雨时节的赵庄，农事
打开一片绿色，在我的眼里
滚烫
除了野外拔节的庄稼，偶尔的犬吠
农具立在墙角，家家户户
好大一个字——空

通往老屋的路上

月光像饥渴的游子
却无法掩盖一条狗的悲伤
在通往老屋的路上，我一直
在拷问自己
我是谁，这是谁的故乡，忧伤
为何我会和村庄一样的陌生
记忆穿过古老的墙
陌生的不仅我和老屋，还有岁月

陶罐

一只刻着麦子和神祇的陶罐
和长发及腰的少女
让我梦见母亲，一个婴儿，
眼睛明亮，在陶罐周围爬行
阳光是一片金子
窄门，小屋，膜拜，图腾

故乡的颂歌从一只陶罐
一株麦子开始，举起火把

土地和村庄立于陶罐之巅
记忆的陶罐，大地苍茫
水，大水，一片汪洋
海水和鱼涌动从旷野逆流而上

密码

妙笔生花的诗人啊，该如何
描绘一只蝴蝶美丽的翅膀
构思精巧的图案

时间的密码
命运的密码
一生的密码

和蝴蝶一样的蚕豆花，在故乡
是注视的眼睛
是难以诉说的惆怅
是打开记忆之门的密码

王彬，1981 年生，安徽太和人，2006 年来京至今。现居北京。海淀区作协理事，安徽省作家协会会员，中诗网第三届签约作家，财经作家，中国新写实主义诗社核心成员，有诗集《暖一场相逢》出版。诗歌主张写实和真善美。北漂感言：关于北漂，最初是为了一个梦，中间是为了一口气，最后是为了更好地待在这里。

离别辞

楚红城

1
趴出窗，叼烟的黑夜
正把黑夜吐出来

东交民巷 4 号，他瞅着他
存活于烟圈中的姿势

2
是时候了，风一笔，雨一笔
替他书写辞别

忽略黑暗的提醒，视线
正由壁灯的光折返
他把时间松开，又握紧

3
怎么可能呢？每一段话都沾带露珠
他忘了，每松动一下睫毛
这些露珠就会顺着腮帮子滑落

4
瞳孔炸开。雨声
碎成几片玻璃
他还锤炼着他的远方。旅途在他的假想中
半透明

烟屁股，划出一道弧线

5
安魂曲当作药引子服下。他的睡眠不好
他不肯也从来不走出黑夜，他蹲进往事里

祭祀暮春的内容，引用无数次

6
不存在的情人啊。钥匙环绞入指骨
叩门声，紧闩，上锁

雨声中，快速移出自己
许多年后，仍然重复这个动作

7
和孤独保持这样的一种关系，多么像
悬浮于夜间的光阴，我相信，和文字的走动相似
都是廉价的

8
也好。也好。也好……

深陷虚无，潮湿的风捧着旧面具
示威的语气，蹲在碎玻璃上
捡走失

也捡动听的鸟鸣。红芍药盛放的废墟
我们，他们

怀疑未能拥有的，和已经拥有的
也对，很像婚前与婚后的不同

9
请允许我淘气，允许捕捉一只暮春的蝴蝶
允许用坚硬的针
扎进胸口，固定在墙上

那只蝴蝶是他，亦是我

10
费城，锈蚀的段落，步入虚无之境
他自言自语，只有暮春肯听

他把自己抛起来，继而宿舍
继而一页页稿纸

继而某个人的名字

他在光阴中行走，忘记自己是谁

11
朽木，啄木鸟，他，三者的关系
亦如一场困顿的睡眠

和旧光阴一起愣着，不涂一个字

12
好了，瞅着雨被梦境赶出来
空，更不像空
雨，更不像雨

继而赶出他
和雨声一起，摔倒于泥泞

13
还要怎么劝，他不再捕捉诗意
他更像是一只缩身于湖沼
不停叼鱼的鸬鹚

14
写到这里，就停住吧
斜阳，大山，村落，灯火……一件接一件挪动

周口河的流水弱下去了，太平山巅的瞭望台废弃了
至于龙骨山的诗意，挖掘掉一大半

归来，离去，也不过更具抽象

15
是的，他和跪在路边的乞丐没有什么不同
他收割月光，荒草，逮捕萤火虫
他知道的，不知道的
能给予的，不能给予的
期待的，失落的……

一生如潮水。他更像一捆稻秧
等待风干

楚红城，原名李玮，1975 年 10 月 15 日出生，1997 年来京。目前在北京工作。北京丰台作协会员。作品散见于《北京晚报》《星星》《中国广播电视报》等报刊。曾以被访者身份出现在《南城人物》《杨万里》等电视节目，散文、诗歌、古典诗词、楹联屡次获奖，曾获得第五届中国诗歌春晚 2018 年度十佳诗人奖。北漂感言：我的北漂生活是一段梦境一样的存在，写着、爱着、活着，低于尘埃未被尘埃掩埋。

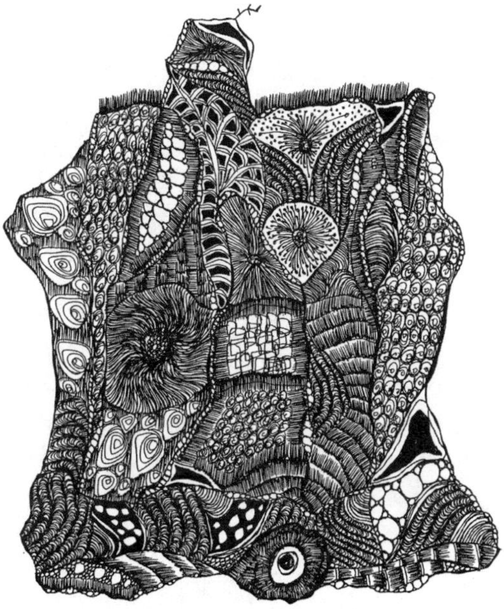
梦的唯一出路
安琪 2019-7-23

孤独竖起了我的风衣领子（3首）

布拉格

今夕何夕

四月的晚风
悄然吹起我孤独的心情
不知这湖水今夜为谁朦胧
假如垂柳和明月和你
一同等候我
我将带给你梦一样的黎明

李白当年或许也就这么
无端地独自怀揣着
水底捞月的醉意

而当我步出紫竹院
听着白石桥的水声
心情竟是如此的惆怅
那酒神和爱神都早已
和古典和浪漫和你我
失散多年

围棋

白与黑，日夜对局
胜负一直悬而未决

而此刻，我正盘坐在
天体中央，抓一把
太阳的黑子，和岁月
面对面地手谈

先轻轻点下
天王星，然后
摆出宇宙当年的模样

并用诗行凌乱的外势
抢占亿万光年的急所
走成星海茫茫的宇宙流

按理说——地球，该是
我最得意的一步先手
如今却被岁月
举棋不定地夹在指间

你看这七颗白子
雅称是北斗定式
倒更像是愚形
日夜虎着我银河的大龙
然而只消一步俗手
便会跌入那沉沉的黑洞

守实地还是走大场
攸关生死存亡
刚要读秒之间
沧海真成了桑田

他收他的官
我围我的空
围拢那烂柯一梦

孤独竖起了我的风衣领子

其实秋天由来已久
孤独竖起了我的风衣领子
树们退缩在街道两旁
我和我的影子
行走在子夜
踩疼翻飞的落叶

漂泊十年
家里的灯光仍很遥远
此刻，希望就像
燃在指尖的烟

梦游的天使啊
你是否真能够征服
沉沉黑夜的黑*
或用暗夜衬托自己的靓丽
让我夜夜滑落的星梦
不再徒然拥有
美丽而悠远的惆怅

孤独竖起了我的风衣领子
孑然前行
天际靠近总有黎明

*** 此处假借了博友小野狐黄杰的经典诗句“夜，我征服你的黑！”**

布拉格，蒙古族，1960 年 11 月生，鄂尔多斯乌审人。1982 年考入中央民族大学汉语言文学系，在校期间热衷于诗歌创作，曾主编校园诗刊《星光》。1999 年辞职赴京，先后供职于北京金手指文化公司、东方民族网、中央民族大学出版社、中国民族文化资源库编辑部等。现居北京，自由撰稿人。编著或改编作品主要有《中国民航大博览》《你是我天经地义的梦——布拉格情调诗章》与网络版《蒙古族通史》等；诗作曾发于《北京文学》《中国青年报》《民族文学》等，入选《中国当代校园诗人诗选》《我已歌唱过爱情——两岸青年情诗选》《中外四季诗歌鉴赏》等。设计图书近千本。

一只麻雀落在望京（4 首）

陈巨飞

花家地

停下来吧，篮球场，滑滑梯
槐树的枝角触摸过星空
如今一动不动
光头的老人和露天经营的理发师在谈论天气
谈论割去的日子里，杨絮引发的
昏睡症。停下来吧，美院
灰色的雕塑停留白鸽子
作为不安分的一部分，它反复表演饥饿艺术
停下来吧广播体操，小学生背起书包
在钟表里练习旋转的技巧
傍晚，有人走钢丝，有人在马扎上绘制藏宝图
地铁口的小黄车散开
像菊花一瓣瓣被风吹散。停下来吧，房租
停下来吧，报表
烧烤店已经打烊，门前的调色板，有一束光
水果摊适合素描，适合变成静物
停下来吧，下坠的成熟
让果实重新回到棚架，在画布上，独自开花

一只麻雀落在望京

没有屋檐的城市，我看见一只麻雀
落在望京的盲道上
寻觅着什么
作为城市五线谱上的一个小音符
它的发声，很快被合唱团淹没

它时而飞起来，时而
好奇地看着来往匆匆的异乡客
牵牛花沿着铁栅栏攀爬
紫色的花朵生锈了，眼泪还没有干去

一只麻雀，要赶在入冬之前
找到栖身之所

它像一枚落叶，叩问大地的心脏
大地许诺：给它春天
给它丰收的谷物、温暖安全的巢穴
给它飞翔的自由
也给它发呆的权利

一只麻雀落在望京，没有找到面包屑
卖早点的小摊贩，昨天回了河南

路边棋摊

下班后，很多棋子现出原形
谈论着股市和宫斗剧
被斩首的梧桐树下
两个人厮杀到紧要处

中年汉子站着，左手夹烟，他的相阵亡了
埋在彭城的责任田里
但他还有一匹乌骓，在棋盘上跳跃
楚河边，有人唱起——
“看大王在帐中和衣睡稳”

一个老者在另一端坐定
他的車已迷路，炮也哑火
光头老将甚是清闲，回迁房里
他来回踱步，催收房租

花家地西里，春天还没到来
一个个卒子，坐上高铁，越过了汉界

望花路

从公司到阜通站，要经过望花路
如果是春天，杨絮会代替冬日，补上一场暴风雪

前年最冷的那晚，陌生人坐在地上

号啕大哭
没有一片雪花赶来安慰，也没有谁
因此停留。我一直想知道，他为何如此伤心
风这么大
刮过望花路，他的眼泪凝结成冰

第一次来望花路，西八里的楼下
一株杏花开得灿烂，热力厂的烟囱
染成蓝天的颜色。朵朵白云，像是外省人吐出的烟圈

陈巨飞，1982年11月生于安徽六安，2017年初开始北漂。中国作家协会会员，安徽文学院第四届签约作家，参加第34届青春诗会和第八届全国青创会。出版诗集《清风起》。北漂感言：北漂是在时间上和空间上与故乡和故我拉开距离，并对其重新审视的过程；也是无限接近乌托邦的城堡，又始终无法进入其中的过程。它既残酷，又温情；既现实，又魔幻。北漂三年，我失去了父亲，也成为了父亲。

莫名其妙的忧伤（2首）

孙捷

莫名其妙的忧伤

当远行的脚步停留在
十二月的北京西郊
并不是因为我不想继续前行
像一位古人笔下的人物
干脆抛开一切
走得更远　如今我整天与一座山脉
面面相觑在辽阔的平原上
那座山整天横亘在那里
积雪和阳光把它表现得
非常具体仿佛一个人
内心莫名其妙的忧伤。

我时常想象着自己是一棵树
站在山的对面，站在北方的
平原上　一生都被一座山所阻挡
后来在一个黄昏黑暗从天边涌来
我开始一点一点地接受了那座山
他看起来不再那么冷淡了
也不再那么遥远假如
生活中没有一种不可逾越的事物
我们是不是会感到更加惶恐

早晨发现院子里的人工湖里
结了一层冰
一群南方人对此兴奋不已
他们认真地敲击了一阵子
取出了一块又一块
那些冰块在阳光下闪闪发亮
他们像北方的冬日
明亮、透彻，对来自于
四面八方的光线都无动于衷。

面对现实

来到北方，我还是
无法克服习惯性的思维方式
无法把自己真的交给陌生人
下午阳光出来的时候
一只在树枝上蹦蹦跳跳的喜鹊
让我在一个楼梯上
停留了很久向上或者向下
每一道楼梯仿佛都是
一个奇特的假设

远处的大片平原也是一个
问题的所在假如
我还要向你诉说些什么
就不能装作视而不见
我说看起来很荒凉
其实是对远方的一种误解
好在基本上没有人
误解过我的误解

问题还是之前的问题
穿越了两千公里的时空
我还是那个看到流星
就会想到陨石的人
还是那个容易被阳光
和阴影所摆弄的人
也就是说我还是无法做一个
被目光欺骗的人
面对一座已经结冰的湖
还会在好奇心的驱使下
每天都去用一块石头
探望一下他冰冷的厚度。

孙捷，笔名岚天，生于1966年6月。工作在西直门中铝集团总部。贵州省作协理事。诗歌及散文散见《诗刊》《诗选刊》《山花》等几十家报刊，并多次获得各类诗歌奖项。有作品入选诗刊社选编的诗集《2008中国年度诗歌》等。著有诗集《沿途》等。北漂感言：漂泊在北京让我认识了北方，也认识到了自己的渺小，所幸拥有诗歌的陪伴，让我像一只候鸟，在南来北往之间饱尝生命的庄严和伟岸。

潮白河（4首）

蔡诚

重游陶然亭

狂风摇撼着北京，然后
哗哗的雨。陶然亭
没有悠悠的蝴蝶，没有
你甜蜜的唇。什么都已分开
又是一年。我们北漂的味道啊
现在只有雨点的脚印，沉默的
那个初恋的下午。我有点冷
像已散场的广场舞，像乌云滚滚
受伤的寻梦者，找不到公园的北门

故乡

故乡的灵魂，现在
默默地吸引我，游子
曾经见过万物，在海角天涯
追逐太阳，这出发之地
边缘，无用，影子也没有
那孤寂的时光，乡亲们
敞开劳动的胸襟，一天天
野花纯净，野兔们
在丘陵，到处能找到居所
一切都是敞开的，春天
小鸟来去自由，清晨
牛儿慢慢吃草，晶莹的霜
冬天变成雪，眼前和童年之间
游子倾听，年味越来越浓

潮白河

潮白河，京冀之间的分界河
曾经，荒原中的一条河

和我一样孤独，春风
唤不起花浪，只有活泼的沙尘
从头到脚，空旷给大地命名

关于生态文明，我能说些什么？

哦，京津冀协同发展
才能保护你，赎回你的意义
也保护了我，我的窗外
十年等候，黎明终于有了涟漪和倒影

别再为一些梦想浪费时间

别再为一些梦想浪费时间，梦想
多数只能带来幻象。为了北京有房
我们春天不去欣赏春天，人生
感情还因它受伤。梦想啊
你让世界变成了奔波，星星晨曦
处处开放的浪花，每天在路上淹没
时光在占有，你头发白了
身体不能再挥汗如雨，疲倦的人
那些错过的生活，你是否嘤嘤啜泣
别再为一些梦想浪费时间，人生的奥秘
生活宁静多好，和泥土一样过日子吧
在阳光到黑夜之间，每个瞬间欢喜

蔡诚，男，1978年8月生于江西。中国当代文学研究会会员、中国诗歌学会会员。已在《人民日报》《光明日报》《新京报》《江西日报》《北京文学》等报刊发表百余万字作品。出版《北漂故事集》《流浪者诗选》《无题集》等。北漂感言：北京是一座能打动你、俘获你的城市，在这里，你可以靠投机很快变成强者，也可以默默无闻地勤奋等待时来运转，一切取决于你的奉献程度和内心。我想做好自己，等待命运的裁决。

九月，黑诗人落荒而逃（2 首）

刘不伟

居南城漂北京

——我漂故我在

坐公交倒地铁
人群中的每一次穿梭
都是一首心灵史诗的一个
段落
是内心生活的穿越
是精神冒险的一次次小小抵达
非常小
小得像无数煎饼里的一粒葱花
在严严实实的裹挟中
怒放
小得
波澜壮阔

我漂故我在
我北漂
所以我觉得我还
活着

居南城
漂北京

南城有桥
谓之天桥
我不想登天
我只是过桥
上班从桥东上去
下班从桥西下来
一遍遍模拟
从此岸抵达彼岸

北京再大大不过南城的大碗茶
在起起伏伏的茶叶中
我窥视我的宿命
向上也
向下
向上是一种走向
向下是一种蛰伏
喝吧
豪迈一点
动作可以再夸张一些
挺胸收腹
右手叉腰
左手端碗
左撇子不是异类
左撇子是北漂的常态
腰杆子一定要直
要昂首
要咕咚咚喝下这
一海碗北漂的爱恨情仇
切记啊兄弟
你一定要一气呵成
喝他个气壮山河

一夜大雪
大雪让南城静谧
大雪让北京城悄无声息
那些鸽哨在积雪下含蜜
穿红色羽绒服遛早的人
胡同口一闪
只留下一大团白色的哈气
恍惚中我踉跄追逐
等等我
你这穿红色羽绒服遛早的人
红色羽绒服是雪地里的梅花
咔嚓咔嚓
行进行进
我不只是踏雪寻梅
我不只是在雪地里行走

咔嚓咔嚓
在雪地里
我高举着火炬一样的冰糖葫芦
我边走边吃下这
北漂的酸甜苦辣
滋补瘦小如豆的灵魂
让豆子开花
看
南城
北京
世界
一片烂漫

九月，黑诗人落荒而逃

德胜门的秋天是从
窗户缝挤进来的
咳咳
带着去年的坏脾气

毛白杨的叶子在窗外
前空翻后空翻团身屈臂俄式转体三百六十度
纷纷

远方有人出生
隔壁有人离世

这乱穿衣的季节适合
吃火锅
含着泪吃
大笑着吃
外套满是麻辣的味道

黑诗人不吃火锅
黑诗人在黑暗中
写诗
黑诗人在白纸上写：
要有光

轰隆隆满城烟花炸裂
黑诗人落荒而逃

刘不伟，本名刘伟。1969 年 10 月生于辽宁鞍山，祖籍辽宁辽阳。诗人，影视编导。现居呼和浩特，供职于作家网。北漂感言：我漂故我在。

梦想亮光里的舞蹈／安琪
2019-7-11

暮色（2 首）

盛华厚

列车驶离圣彼得堡

——给 Elena

有一种无能为力开始于列车驶离的瞬间
有一种人适合葬于心底强迫自己习惯
纵有万般感受注定要淹没在滚滚黑夜里
而声泪俱下的往事与他人没有一毛钱关系

列车呼啸，我缩成一团乌云离开圣彼得堡
突来的大雨敲打着玻璃犹如天使的讣告
涅瓦河畔，丘比特的铅头神箭将射向谁
谁就在承受着脉搏的骤停和渴望的碎

挥手十年，一种顽症的疼慢慢变得麻木
回首十年，我方懂得苏轼悼念王弗的苦
“十年生死两茫茫，不思量，自难忘”
十年重逢的相顾无言唯道声：“别来无恙”

历史常常将凄美的爱情演绎成佳话，你看
普希金和莱蒙托夫为爱决斗而死广为流传
还有罗密欧与朱丽叶，梁山伯与祝英台
世人轻言放弃却遗憾别人的感情无法重来

“我至今都在出站口等你，并且始终如一
只想对你说一句心里话，从此告别过去”
“小鼻子，当年我没把你照顾好，对不起！
祝你一生幸福安康，来生臭猩猩再养你！”

暮色

某人离开茫茫人海寻找自己而与另某人相遇
两个某人相遇并产生爱情这相遇便有了意义
淘汰无数暧昧的缘分乍现于转瞬即逝的一刻
让那些擅长发誓又权衡利弊的人都一一错过

在骑楼老街，一个吃软饭的男人大献着殷勤
在五指山，一个等待求婚的女孩酝酿着流泪
不是所有风雨都可以看到彩虹，不是所有
青梅竹马都比相见恨晚的人更懂得从始至终

在海瑞墓，一个老外提出与我合影的请求
我首次以摆脱孤独的形象进入别人的镜头
多年后，他会不会在某墓地想到我是否健在
会不会因为我的幸福而时常在墓地笑出声来

在五公祠苏轼的铜像前我努力装成一个文人
以便自己的气质配得上这位宦海沉浮的词魂
琼州的烟雨带着北宋的幽咽下在南渡江上
我乘着孤舟面对大海低吟："不思量，自难忘"

窗外重重黑夜为我让开一条思念你的缝隙
我借着手机的微光照耀前路走进你的梦里
"爱是圆的" 你将插着吸管的椰子递给我说
"也是甜的" 我吸了口椰汁望着你的瞳孔说

爱不是一个人的事，远方不是一个地方
一个野心勃勃的男孩在星光下规划着梦想
我回头对自己说："未来已来，过去已去"
我看到两个某人搀扶着消失在苍茫暮色里

盛华厚，男，1982 年 4 月生于山东夏津县，2002 年开始北漂。中央美院中国画学院硕士研究生。著有诗集《默读》。诗文被翻译成日语、韩语等发表。曾获北京大学未名诗歌奖、中国青年诗人奖。录制有电视访谈节目《八零上线：盛华厚——用艺术玩穿越》。个人事迹拍成微电影《因为有你》，纪录片《青年画家盛华厚》在俄罗斯国家 2 台和央视播出。2014 年被评为"中俄青年交流年 50 名优秀青年"。2018 年被评为"中欧十佳艺术家"。北漂感言：北漂是一个群体的存在状态，不是简单由房子和户口所改变，北京是这个群体实现梦想之地，漂泊便是过程，无论是否成功，只要心灵对北京没有安全感和归属感，那就是北漂。

走不进城市内心的边缘人（3 首）

张华

走不进城市内心的边缘人

雨中的男人，仰望乌云阴沉的天空
把双手举过头顶，朗诵着高尔基的《海燕》
“啊，让暴风雨来得更猛烈些吧……”
赤脚踩在水里踏出一路水花，用一口四川话
对着街沿上惊慌失措的小男孩吼道：滚回家去
又一道闪电照亮狭长的小街上所有关闭的玻璃窗
有人在擦拭着玻璃向外张望说着东北腔“请到京郊小镇来看雨”
穿花衣服的女子正在打电话似乎在传递暴风雨的讯息
小男孩和大黄狗冲出街沿湿淋淋地在雨里奔跑
在连串的惊叫声中，钻进一扇虚掩的红色的大木门
被风吹落的一枚枚半黄半绿的银杏树叶
像一只只打湿了翅膀的蝴蝶
承载不起风雨的重量纷纷落在冰凉的雨水里
这是北京远郊的某个小镇
聚集着许多南腔北调的口音
内城老旧危房改造，建国际大商圈、写字楼
吸纳高端人才。向世界展示文明古国的东方神韵
从二环、三环、四环。城中村、棚户区变成了绿地花园
外来人也就一次次从二环迁到三环再到四环
偶有露宿街头者。逃难似的情形包含许多辛酸和无奈
最终在五环外六环内重新安营扎寨
继续从事美容美发、风味小吃、便利超市、机电百货……
他们蜗居在窄街小巷，与世无争，胆小慎微
他们都是走不进城市内心的边缘人
注定今生不在北京终老

一个老年清洁工

弯下去，再弯下去
小于九十度。把脊梁弯成一张弓
不是卑躬于权势，也不是屈服于命运

把自己原本挺直的腰杆弯下去是想离地面近一点
清扫被人随手扔下的一张张纸巾和一颗颗烟头
他们抛弃的是做人的道德
你捡起的是社会的文明
有的人，虽然也在不停地弯腰
是为了虚荣、为了奉承、为了私欲
时间久了，就变成了畸形，再也直不起来
而你，一天中，不停地弯腰
一月、一年，风里雨里，无法计算出弯了多少次
你总是面带微笑：农民合同工
虽然得不到晋级和奖励
甚至远离鲜花和掌声
默默奉献。且
问心无愧

在野溪

在一个叫丁家滩的古老村子
生活着世世代代的西山人
他们勤耕、游牧、淳朴、善良
一条清浅的野溪
从西山的峡谷里曲折地流出来
经过一片开阔的庄稼地
集成一处深潭
再从一座铁路的五个桥孔下
蜿蜒地朝三家店闸口流去
我折叠了一只小纸船
写上班次和航向
可是，小纸船轻飘飘的
被一波波轻浪沉没于水底
整个下午，我在沙滩上
写我爱人的名字、画她年轻时的模样
直到夜幕降临，倦鸟归巢
我不知道野溪的源头在哪里，又流向哪里
不知道它有什么传奇
不知道它有什么故事
野溪的远方，是日夜兼程
我的远方，是风雨并肩

张华，生于1972年，四川平昌县人，90年代末来到北京打工，以开车为生。中外散文诗学会会员，四川巴中市作家协会会员。有作品获奖并收入《星星诗刊·星星诗人档案2015年卷》《中国民间短诗精选》《2018中国魂·散文诗选》《北漂诗篇（2018卷）》《世界华文散文诗年选》等选本。北漂感言：走不进城市的内心，注定不会在北京终老。

有些人像种子
安琪 2019-3-19

京广线上（3 首）

鲁橹

祈祷

把今天过了，这是我的祈祷
把今天的这刻过了，这是我的祈祷
——我是因为孤独
以为到明天，到明天的某刻
我会喜悦

要孤独就长长地孤独
要喜悦就长长地喜悦
——这么阴晴不定的祷告
多么得罪神

京广线上

多半的时候，我在昏昏睡
好像只有这会儿，才可以天马行空
连梦境也是奔驰的

偶尔会与陌生人交流
话题广，健谈，营养学
生物学，航空航天学
渊博又正义，忧国忧民
似乎那声汽笛是我拉响的

其实，我没有关心车窗外黑沉沉的夜
更没有关心坚硬的钢轨什么时候会喊一声
疼

我站在洗脸池前。厕所与清水离得近
做完两件事，我才算温习了人类学

送别

你走了。鼓楼的钟声正好敲响
我不记得它要敲几下
它站在那里
默认离别

人海中的脚步那么急
像每个人都有去处
我默默仰头
听钟声敲击星星，火花溅落

夜幕大，且仁慈
它拧亮远方
它催我别逗留

鲁橹，女，籍贯湖南。20世纪70年代初出生。1999年开始北漂。先后在《湖南文学》《飞天》《十月》《人民文学》《诗刊》等刊物发表过作品。曾获《安徽文学》《大风诗刊》等刊“实力诗人奖”“年度诗人奖”“海子诗歌奖提名”等。参加第14届《散文诗》笔会。北漂感言：一年一年的想法不一样，去年我还在说无论身处故乡异乡都是尴尬，今年想的是：异乡好，异乡的陌生要多一些，而陌生令我从容。我从未想过融入这座城市，疏离感反而让我亲切，觉得它尚有神秘。

我是谁（3首）

黄华

地板口渴了

隔着宽阔的太平洋和一条珠江
跟朋友聊诗歌
他指出诗中的不足
我一一订正
激烈论争时
传来一声“跑水了”

我冲进厨房
踏入冰冷的水潭
匆忙间关龙头，擦地板
二十分钟后，朋友征询意见
我说：地板口渴了
刚给它洗了个澡

迟到的理解

——献给参加石漫滩75·8医疗队的母亲

你离开襁褓中的婴儿
坐上南下的汽车
忍住胸口的隐痛
躲开孩子的追寻
因为更多孩子需要你

你匆忙离开
只带两套夏季薄衫
回来已是初冬
断奶的女儿
早已忘却你的模样

你难过的不是缺衣少衫
惦记的不是襁褓的婴儿

而是药箱里奇缺的药品
你同赤脚医生一道
在田间寻觅草药

你观察当地的饮食习惯
发现食管癌、胃癌高发的病因
你发现民间草药的神奇
偏方中蕴含的科学道理
欢喜于每例疑难杂症的治愈

你做出一生最重要的决定
让民间医术进入课堂
让女儿以草药为本
传承古老的医术
去治愈更多病患

四十四年后悉知的真相
让我彻夜难眠，想起
步履蹒跚、白发苍苍的母亲
漂泊异乡的我，将这份迟到的理解送给
那远离故土，一生操劳的医生母亲

注：读蓝蓝的诗歌《真实——献给石漫滩75·8垮坝数十万死者》有感。

我是谁

我不清楚，我是谁
在北京，我是北漂族
在上海，我是乡下人
在家乡，我是住在外地的
在族里，我是挣外面钱的

我不清楚，我是谁
在年轻人眼中，我是长者
在长者心里，我还年轻
在大众眼中，我代表精英
在精英群里，我代言大众

我不清楚，我是谁

在匹兹堡，我被叫作中国人
在曼哈顿，我被称为亚洲人
在动物园，我代表人类去参观海狮
在航天中心，我站在地球观察火星

我不清楚，我是谁
我要治疗失忆的父亲，安慰痛苦的母亲
我要帮助单亲的妈妈，救助罹难的乡亲
我要辅助疲惫的丈夫，教育幼小的孩子
我更要赚钱养活自己和所爱的人

猜猜看，我是谁
我是天边飘过的一片云
一片夹带雨雪沉重的云
随时可能降临大地
转瞬间又消失了踪影

黄华，1974 年生，籍贯河南鲁山，出生于河南新乡，现居北京，就职于高校。北漂感言：我认为所谓“北漂”是一种自我身份的界定，是心灵的归属，而不是由户籍、工作地等现实空间所决定的。2019 年是我在北京定居、工作的第二十一个年头，目睹了北京这些年的变化，但我依然认为自己属于“北漂”，结交的朋友也多来自外地。正如出生在北京的孩子认为，自己是北京人，父母却来自外地。故乡也许是人一辈子的牵挂，正如古代仕子凭借籍贯来区分自我的身份。

平谷梨树沟诗章

陈亮

1
走进梨树沟，我发现了那么多的白
从粗壮黝黑的枝丫间
纷纷呐喊着汹涌而出
万物仿佛刚刚醒来
没有了黑暗的恐惧，隐隐焕出光来

我惊讶于这来自地心的原始的力量
或是来自星空的魔幻力量
让一切的不能成为了发生

——我从很远的地方寻找到这里
两手空空，满脸苦涩和羞愧
像一座努力多年也没有怀春的山谷

在梨树沟，风用小口轻轻地吹着
阳光暖暖地抚摸着伤口
快速的时光似乎经过这里时打了个旋涡
终于，慢了下来——

我愿意就此留下来，亲自修葺屋顶
整理门窗，收割荒草——
我愿意与你在此重新相爱
让烟囱羞涩地冒出粗细断续的烟来

2
我隐约听见有人在轻轻喊着我的小名
有类似于母亲的声音
有邻居小红的声音
有经常欺负我的二丫的声音——

我像一个孤儿，昨天还在为身世愁苦
今天突然涌出了那么多的亲戚

恍惚着抬起头，向梨树沟深处望去
只有一树树颤抖的梨花
还有旮旯里一片片地丁、蒲公英、苦菜花

还有一块块形状各异的巨石
仿佛在孕育，又仿佛要脱胎而出

我忘形地答应，或自言自语
友人说：我的嗓音含烟，眼神有雾——

3
小憩时，我开始怀疑梨树沟的那些石头
是虚幻的，那些树是虚幻的
那些花草、鸟鸣，那些水是虚幻的
水面上的小船是虚幻的
——日子也都来自一场巨大的幻觉

像一个在崎路上跋涉许久的乞丐
开始对突然拥有的财富疑惑起来
可那些野鸟、闲云和风声分明在告诉我
你已经在向梨树沟靠近

——我们是最熟悉的陌生人
你从前世出发，走州过府，风尘仆仆

你边走边喊我的名字，每喊一次
梨树沟的花便开一片
是你，让这一切变得真实起来
仿佛这一切的美景都是由你创造的

4
在梨树沟里偶然捡到一块神奇的石头
石头上有着很清晰的纹理
——皓月下，一个长衫的女子在向上飞升
一个男子紧跟其后
均神色微醉，衣袂飘飘

他们到底发现了什么秘籍

竟然可以让他们的身体日益轻盈
从而最终摆脱了世俗的束缚

——我觉得这是我们前生真实的样子
而石质的相片又在今天神启般出土

这也让我始终相信，爱情是有的
并且一直在人间游荡，点化众生
它可以让人飞起来，或者赐予其他的
不凡的法力。让我始终相信
人间所有的飞天都是爱情原本的模样

5
我们翻过一座山头，有小雨垂落下来
打在了蘑菇的伞上
松树林停止喧动，树干更黑了
松鼠的动作有些凌乱，抛落下松果
有些恰好落在我的头顶上
香！我怀疑这是你神秘的赐予

有人在林中窸窣采蘑菇
无意间发现了一棵硕大的灵芝
惊讶地喊叫了起来，造成了回声
——灵芝是从石缝里发出来的，没有工具
用手怎么也采不出来

有好事的白发老者飘然劝阻：“此乃天物
缘分未到，还是留在此处为好”

采撷的女人猛然醒悟
将双手放在胸口，默念起了什么
身边的小孩也学着她的样子
我发现此时有光迅速将山头涂成金色

6
与众多的游人不同，下山的时候
我选择了一条驴友小路，在路边
一面向阳的坡上向导指认出一些
獾的窝或野兔的窝

洞口边上有一丛丛的野花紧密簇拥着

洞口幽深而神秘，我有些手痒
打开了手机上的灯照了进去
竟传出了呦呦的恐惧的幼崽之声

不禁为自己的冒失或唐突的造访
而自责脸红起来
——遂仓皇离开
然后向不远处的虚空处摆了摆手
表示出自己的抱歉或善意

这也许会平复外出觅食归来
隐藏在附近的一位母亲惊悚的神经吧

当我回望，洞口的野花剧烈晃动
虚惊后的欣喜，整座山都感受到了

7
在梨树沟，我总觉察到一种说不清的旋律
在耳边、头脑、周身隐约萦回
每一个神经末梢都在被它唤醒

这旋律无处不在，让我沉湎其中
——有时候是在一阵风里
有时候在一朵梨花抖颤的蕊间
一只蝴蝶晾晒的丝绸上

在一条小溪在杂草和灌木间隐藏的碎银里
一个树墩散发的烟气里

有时候是在一束光照彻的露珠里
一只鸟破壳而出发出的黄嘴角的惊喜中

在一块巨石玄秘的斑纹里
在我眯着眼打坐的林间和梦的花园——

8
这满山满沟的草、花、树、鸟、牲、兽——

原本我们和它们一样
都是自然的孩子
偏安一隅，领受着上天的恩赐
——良善、朴素、知足，随遇而安
这古老的隐形的黄金

曾几何时，突然发觉我们已经走出很远
身体从心开始慢慢变成铁的或硬的

曾几何时，眺望的窗棂纠缠了蜘蛛的丝网
心脏生出了小偷的慌张
才四十多岁的人
有天早上，竟然被一面裂纹的镜子
尖叫着，读出了大片大片的雪霜

在梨树沟，我开始重新孵化
脱下了坚硬的壳，开始孩子样
为了一个针鼻大的事物突然嚎啕大哭

陈亮，1975 年出生，山东胶州人。现漂居北京。系中国作家协会全委会委员、山东省作协诗歌委员会副主任、青岛市作协副主席。曾参加诗刊社第 30 届青春诗会，鲁迅文学院第 31 届高研班学员。著有诗集《乡间书》《陈亮诗选 2008—2017》等。曾获 2014 年度华文青年诗人奖、首届李叔同诗歌奖、首届“中国十大农民诗人”称号、第二届中国（马鞍山）李白诗歌奖、第四届曹植诗歌奖、第四届泰山文艺奖等。

为了自己（3 首）

朱铭

现实中迷茫

我仰望晴空
看到了满天星云
我想怒吼
我声嘶力竭
睁开眼
看到的是现实
闭上眼
看不到的是迷茫
我时时刻刻
无时无刻不在思考
人生的意义
归途在哪里
好像刚要启程
梦已经破碎
我谁都不认识
都不想认识
也没人认识我

为了自己

走过的每一步
都是一次次的不将就
委屈了自己
并不是幸福的交易
我想了很久
挣扎了很久
我该回去寻找最真实的自己
那个本就平凡的自己
为什么要为难自己
不是怕了
不是㞞了

不是生活不好了
而是
自己的自己
才是最好的自己

北方的冬

北方的冬天
光秃秃的树干
望眼欲穿的田野
荒凉不言而喻
一望无际的灰木色
这是它们裸装下的真实
三两只孤鸟飞上枝头
抬头望
树干、孤鸟、天空
融为灰白一体
唯有的一抹青绿
是来年夏天就要熟透了的小麦

朱铭，山东菏泽人，出生于1996年4月26日。2019年2月开始北漂，现为一名短视频广告编导。北漂感言：在这短暂的北漂时光中，我见到了北京大都市的繁华与紧迫，内心是复杂且迷离的，自己的几首诗创作皆来自于毕业后对生活的观察与思考。

江淮行走记

郭良忠

1
在夹江
我是北方至情的孩子
迎娶着秋天的荒凉
把烛光送进自己的影子
岁月蹉跎
住在我身体里的火焰
从北到南一次次重生

秋意浓浓
我抵达另一个王朝的命脉
以骨为舟
偌大的静寂伏藏在眼里
随夜色朦胧

2
柴米油盐
像烈火一样焦灼
石头一般坚硬
我的山河丢失在梦里

岸边的美人
你的玉簪掉进了大运河
你的夫君掉进了大运河
你的泪也掉进了大运河
这一切都随一场阴谋搁浅在历史里

远处是折戟战场
和被拷打的利剑的声音
一截又一截
三千只船遗落在烟花三月
于是风比自己陌生
雨比自己更冷

郭良忠，生于1993年，甘肃甘南人，曾任《中国校园文学》编辑。诗歌见于《飞天》《绿风》《散文诗》《山东文学》等刊物。著有诗集《流淌在高原》。2017年10月开始北漂至今。北漂感言：北漂生活实属不易，能保持一颗美好、温暖的心坚持创作，是一件非常了不起的事，也正是因为诗歌已成了北漂诗人生命中不可分割的一部分，所以无论生活多么艰难，也不忘却诗歌创作。

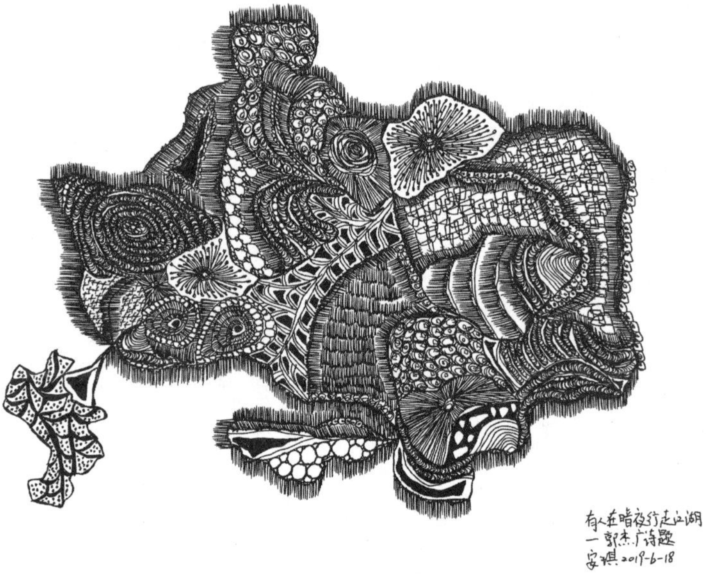

北京西城（2 首）

非墨

虚构

虚构一条小河
给鱼和荷花一个家
虚构一座山
给遥远北方迁徙的鸟儿一个栖息的地方
虚构一所房子，足够大
装下你我、鸡鸣、犬吠和一些炊烟
虚构一片田垄
种菊，种菜，种土豆，种庄稼
虚构一条路，可以抵达远方
虚构蓝天、太阳、云、月亮和星辰
虚构雨、风、雷声、闪电和虫鸣
虚构一些思念和童年
虚构一些灯光、哭声和忧伤
虚构一具躯体
像行走着的一具棺材
满满地，装下一具灵魂
让它在里面，无声无息地
慢慢溃烂

北京西城

北京的胡同，我最喜欢的还是南锣鼓巷
因为它的北边垂直连着后圆恩寺胡同
我去时那里出奇地宁静
不用竖起耳朵，也能听清老槐树在说话

我希望我能用一根牙签
把深藏在胡同里蟋蟀的抒情和名人故居
一一剔出来，像剔牙缝里的肉渣
剔干净北京的牙齿

北京的水，我最喜欢的还是什刹海
水流从银锭桥下淌过
仿佛古老的时间刚从身上迈过
不惊扰我的身体

蝉在柳树上嘶声鸣唱
就像老纺机发出的叹息
把整个秋天
捻成一条条牵着天空的风筝线

月坛我去了，然后又忘了
陶然亭我去了，然后也忘了
牛街我去了，然后让舌尖每一个味蕾
像花朵，因老北京的味道，盛开不谢

城西之城，站在钟楼或鼓楼上西望
能看见西山落日的地方
有一半是火，有一半是你
我从中间走过，像一叶扁舟

非墨，本名谭风华。生于湖南怀化通道县坪阳乡。2002年初到北京至今。高级工程师，就职于中国中铁。出版诗集《屐红高跟鞋的雨》《滤》《诗魂是碎的》《樗是一种树》，散文集《城·色》《捡拾灵魂的碎片》。北漂感言：漂泊生产诗歌，漂泊感就是诗意。

字典薄了（2 首）

大威

字典薄了

生存的世界小了
名词就认得少了
春花秋月
风花雪月
都遇不上了

日子过安稳了
动词就认得少了
哭笑打闹
揣摩推敲
都用不上了

情感变迟钝了
形容词就认得少了
幸福快乐
委屈难过
都一样了

久而久之
字典薄了
宇宙缩了
咱们老了

权衡再三

我想走了
告别这观赏权丰富
使用权有限
所有权零星的北京
三年前我说北京遍地机会
三年后我说自己雾霾过敏

机会是我欲望狂放的借口
雾霾是我折戟沉沙的幌子

我想走了
告别这好感权丰富
恋爱权有限
结婚权零星的北京
三年前我期盼白头偕老
三年后我尽是露水情缘
白头是攀龙附凤的最高理想
露水是攀附者间的无奈慰藉

我想走了
告别这离乡权丰富
思乡权有限
回乡权零星的北京
三年前离乡时我口气很大
三年后想回乡我脸皮很薄
口气是出发前的无知之勇
脸皮是跌宕后的自知之明

大威，1988年8月生，山西人，硕士学历。2016年开始北漂。基层金融从业人员，专注于企业战略与融资发展的研究，同时保持着对文学的热切喜爱。北漂感言：北京的生活是宽广的、折叠的、精彩的、易碎的。北京的人形形色色，每个人在纷繁的社会交错中露出一个侧脸，留下一片万花筒般的幻美，考验着所有人的内心。

一头扎进欲望的海里（3 首）

樊志强

西瓜

成熟了的我有
几乎闻不到香味的性格
和千篇一律的外表
当然
你看到的这都不是我的优点
你如果爱我
一刀下去就能看到我的脆弱
这仿佛是我的永恒
我只有这么多
但愿我的鲜艳
但愿我的喜悦
都能甜到你的心里
至少没有虚度
哪怕你忘了数我留下的黑色种子
那些铭记在上面的心事
全部都已破碎
我消失在
一场名为夏天的美梦
投入到炎热当中去
找寻
有时候就在眼前
只是没有你熟悉的香味
走走停停
高高低低
即使看到的
还是千篇一律

鱼

就叫你鱼吧

忙忙碌碌也庸庸碌碌
与世无争
和有意识的闪躲
面无表情
丢了的喜怒哀乐
相对于光明
更在意黑暗的取舍
时间快慢
无所谓吧
吐一串气泡
去继续相濡以沫的传说
继续无关紧要的倾诉
你说着你的
我说着我的
互不相关
之所以毫无违和
是因为我们说着说着就忘了

一头扎进欲望的海里

当时
我明明看到的
是一片蓝色
就像宝石一样夺目
闪耀在我的眼前
从未有过如此的迫切
谁还管那么多
扑通
一头扎进无边无际的蓝色
躁动的狂热
坠入深渊的冰冷
我的渺小的微弱的呼喊
一切的一切
都被汹涌而来的海水淹没
我不愿醒来
我明明知道
自己扎进了欲望之海
你还笑我
哼

那是你没有看到
那忽远忽近闪烁着的宝石般的蓝

樊志强，出生于1984年10月10日。2003年开始北漂。北漂感言：从来北京到现在已经十几年了。从非典时期参与建筑施工到奥运会建设，再到现在的临时工生涯，也算是见证了北京的高速发展，我从懵懂到恍然大悟又到嗟叹不已。不知不觉就到中年了，之所以现在是一名临时工，是因为我受不了工厂的拘束，反正是北漂，索性就颠簸。在北京这个圈子里奔波，我看到过很多北漂写的诗，有时记录工厂的无聊，有的书写生活的无望、人生的无助、思乡的情切。我写的更多的是一些自己的情绪。

一个惊异等待着路过的人们
安琪 2019-5-2

手握一颗深沉的雨滴（3 首）

沈亦然

把日子当成一部经书，读了又读

一切都安静了下来
忙忙碌碌半生
从年少不经事到
追问天地
到妥协于家常和往事
从在情感纠葛中执迷地跌爬滚打
到此时的心静如水
再到
把思念只当成一种思念的情绪
把悸动只当成心潮的一次波动
拒绝任何一种方式的说教和规劝
只认定日子
才是一部经书
反复读
一遍又一遍
不懂的仍旧不懂
不能说的
仍旧保持沉默

手握一颗深沉的雨滴

荒茫人间，岁月无常
何时才能遇见你?
这是一个天问
天问
流亡人间
挟持着一颗雨滴
狂澜尘世鲜花嫩叶
也
威胁着我的真情实意
我在人间流浪很多年

从风华正茂到烟花消散
从诗意正浓
到
独倚门槛
我对你的想象和描述
如一首诗
从远古吟诵至今日
在这一滴
为你为我落下的
雨中
隐没深沉

七月五日的雨

黄昏
雨，倾泻而下
雨速
迅猛
爱情，从来没有这样
到来过
伤
感
一如
既往

沈亦然，1979 年生，安徽马鞍山人，现居北京。诗人、作家、画家。2003 年开始小说、诗歌创作，作品见于《芙蓉》《文学界》《红豆》等文学期刊。写作诗歌、小说的同时，从事水墨、油画创作。2015 年出版长篇小说《在人生梦里失眠》。2016 年出版诗集《快乐如鸟》。举办过多次画展。

浮游的乡愁（3首）

牧野

震惊的猎物：爱情或其他

他找到并且坐在自己的椅子上
这一时段，他用不多的银子
买下属于自己的黑暗
他终于做到像个旁观者
置身于事外观看事物的出现
而之于他而言，叙事语言折叠的沙发
恰好说明了世界的丰富与多元
呈现不同他者幻化的魅影
在光影的指导诱引下
一如雪中的猎人俘获震惊的猎物
他的身体先是失衡，进而放弃无谓的挣扎
灯亮了，影片打出了“剧终”字幕

浮游的乡愁

好久不见
我与它好久不见
今日远行
抬头看了看天空
它在天空上的
一朵最白的白云之上
口中念叨着
白云浮游的乡愁
我看见了它
我喊它：跳下来
它趴在浮云的边缘
像水塘边喝水的家猫
脖子伸得老长
我先是摊开双手
示意它纵身一跃
接着我又蹦跶了几下

无论如何
我也没够着它

人神的界线

从前的世界是这样：在动物圈
有一小撮的人，手举火把
在危机四伏的苍茫荒野
燃起一堆篝火
他是人祖，他从广阔的恐惧里
发明了神、神的建筑与先人
他拟在神的童话
用词语命名
为万有的事物：封印
而现在，语言
已把空旷的世界掏空
只留下人的语言，你又在人群中

牧野，安徽涡阳人，生于20世纪60年代。写诗、策展、艺术批评，独立诗歌奖创立者。

挪威的森林
安琪 2019-6-28

另一种孤独（3首）

中岛

降临

黑夜亮起的灯
醒来睁开的眼
我在你们之间迷茫
光线让我迷茫
道路让我迷茫

但我知道
数字组成的世界
玩弄出来的人生
知道我的前世来生

我无法被纠正
无法避免分离
该来的不会迟到
迟到的
救不下过往的时间

我有一个时代
它是静下来的灵魂

一万条路也只有一个想念的远方

一条路把秋天带了回来
叶落的声音正被悄悄拾起
并把它带上旅途

是谁把手挥成鸟的翅膀
星星点点地消失远方

私语下的生命
还在惦记着

头发已经斑白的人
弹指一挥
再也找不回
你曾经细数的黑发
所有的思念
就潇洒地去了

我们永远是挥不去的尘土
十几载眼神划过天空
那只风筝的方向
还在遥望落地秋实
或许我们都在里面
被各自时光切割

一万条路
也只有一个想念的远方
即使年轻的心
也走不到尽头

另一种孤独

孤独的人回到他的孤独
在空旷的舞台
他解除压抑的绳索
奋力地将生命抛向天空
然后像叶子一样落下
这过程充满了悬念
也许会全身断裂
也许会安然无恙
这些不是假设
是与一种死亡的争斗

夜路的吱呀声在长长的归途
它将孤独淹没在黑暗里
并在寂静中间抖动
车鸣突然制造出一场精神事故
谁会在事故中改变行程?

孤独的人会像孩子

有一张纸就会完成自娱自乐的导演
那是一种生理和欲望的满足
有时，甚至让孤独有了境界入框
或许没有人可以理解
这种状态下生命的意图
千丝万缕
或许就在这种状态里
精神与物质一味分割

一阵风都会为孤独
产生热烈拥抱的滋味
那是别人无法感受的对话
这会让孤独成为生命的极致
色彩成为孤独开出的鲜花

中岛，原名王立忠，黑龙江省宝清县人。诗人、资深媒体人、文化评论人、影视评论人。现为《诗参考》主编。诗歌入选《读诗 1949——2009 中国当代诗 100 首》《被遗忘的诗歌经典》《中间代诗全集》《中国诗歌年鉴》《朦胧诗 25 年》等数百种诗歌选本。主编《名人堂》系列三十余本，主编《中国百年诗歌名家诗典》系列。获得网易“新世纪诗典银奖”“中国诗歌桂冠卫士奖”“中国先锋诗人奖”等。

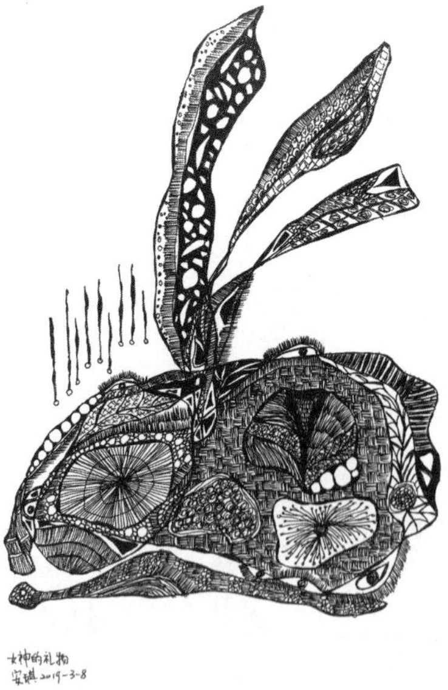

幸福之诗（3 首）

七月友小虎

幸福之诗

我要么在醉梦里死去
要么就在梦里生狂

呵呵，我这个
白天流浪晚上醉酒的呆子
是春天枝头上欢叫的一只鸟
太阳是我的羽毛
风啊，想怎么吹就怎么吹
行色匆匆的人是听不懂
我欢叫的爱

我站在枝头的最顶端
欢叫在大地上
风吹起的每一粒尘埃都是春天
对我最好的鼓舞

这就够了
与我为荣的同类
要幸福地在蓝天下自由地欢飞

欢叫着阳光

把阳光欢叫起来
院子里又是一场醉梦
醒来的人，坐在藤椅上
跷着腿吸了一支烟
想着阳光的心事

昨夜再醉
也诞生了一只绵羊
和一头牛的永恒

让他们晒在阳光里是任何人
也无法想象去享受的
只有为此发出欢叫的精灵才清楚
这院子有多少传奇之事

阳光真好，一支烟
把所有隐藏的心事全照到

时光烈焰

我一直被燃烧在时光深处
得感谢七月的圣明，用炎热滋养着
我的心。在知了叫得甚欢时
跃出沸点，成为夏日
最璀璨的种子

这么多年，我这颗种子
一直被阳光照耀
四季风雨也泯灭不掉。人海里
我的心也越发坚定

我坚定并坚信我的时光
在圣明的七月，终见证我
如火的磊落

七月友小虎，本名李源，1986年生于广西贺州。广西作家协会会员。出版诗集《时光隧道》《我的北漂我的诗》《诗之帝国》等。

港北村（3 首）

阿琪阿钰

阿琪阿钰中举

北京以西，山上长满了金色的石头
一个人孤独地行走，像被迫流亡的流放者
每一座山峰都有自己的名字，每一股风都有自己的命运
无名的墓碑立在荒山披着火焰过完了秋冬
又粉碎了春夏空中的绿
门头沟以西，山中有草木，树上有鸟窝
永定河以西，天赐之水天上来
天下之水从山顶滚下。沟壑边上的杏花开了一年又一年
南方人沿河自西向东，看清水镇河里的雪
斋堂镇在河岸缓流，等公交的人在站台打盹
北进灵水，阿琪阿钰成为第二十三位举人
阿琪阿钰中举，中规中矩的中举
我想与古代的举人成为后来的邻居，无缘寺旁之言
他们可能坐过轿，骑过马，养过猪，有小妾
我的摩托加满油可日行几百里
可夜过西落坡村，相遇马致远。落坡这个地名
像命运的低谷，让我停留了一根烟变成灰
什么枯藤什么老树什么昏鸦
什么小桥什么流水什么人家
什么古道什么西风什么瘦马
什么夕阳又西下，什么断肠人在什么天涯
雁一定有翅，妙峰必定有山，王平有镇
阿琪阿钰到灵水，花二十元人民币
看千年不死的古柏，观已故二十二位举人
假举人看真举人，看空与无

宋庄大了，什么艺术家都有

林子大了，什么鸟都有
宋庄大了，什么艺术家都有
曾经的乡下——

小堡开满了饭店，老板是艺术家
曾经的民房摆满了画材，老板是艺术家
大一点的房子，画廊一个连着一个，老板是艺术家
再大一点的房子，被叫作美术馆
油画，国画，行画，一千张画的长相一模一样
诗人，歌手，导演。有人能喝，有人能唱，有人能说
大师，大师，大师。满地的大师和大师
有人搞艺术不说自己是艺术家
有人说自己是艺术家而没有什么艺术
有人茕茕白兔，东走西顾
有人衣不如新，人不如故
搞艺术与被艺术搞，都是很艺术的
宋庄大了，什么艺术家都有

港北村

宋庄之北，再北就北到了顺义
港北之南，我离精神病院又远了五公里
港北之东，潮白河是一条吃人的河，莫腊，莫腊……
半里桃花开在村西。干净的道路两旁，有酒鬼
掉进水沟。港北是一个没有门牌号的村子
一个众人不喜欢的数字：77 号。孤自命名
一条跟了我三年多的流浪狗，三个月前莫名其妙地失踪了
前几天我喝醉了酒，失踪的狗找到了港北村
找到了 77 号，它要闻着我的味道
继续和我一起漂泊
我是阿琪阿钰，它是阿黄

阿琪阿钰，本名张琪钰，1985 年生于贵州。贵州省作家协会会员，中国诗歌学会会员。著有诗集《安魂曲》，诗合集《七个人的诗》，散文集《漂泊在宋庄》，随笔集《我带父亲回故乡》。

清晨诗（2首）

刘傲夫

清晨诗

小雨过后
蘑菇们顶破了
树皮
站在了枝干上
互相打招呼

无题

那年冬天
很冷
我们就在避风墙边
晒太阳
我闻到你肉体的烤味
从此就爱上了你

刘傲夫，本名刘水发，1979年2月出生于江西瑞金，2000年来北京上学并居住至今。有诗歌发表于《北京文学》《诗刊》《星火》等刊物，有作品被翻译成英、俄、德、日、韩等语言。北漂感言：越想在这座城市扎根，就越感觉在漂。

和骨头谈谈（2 首）

王泠阳

火车穿过黄昏

落日删繁就简，黄昏的旧秩序
不断变换风的住址。火车穿过黄昏
像一首音乐穿过琴弦。车窗外
华北平原在我的句子里交出光线
群山之下，草木在空气中侧过脸来
准备承接更多黑暗。火车穿过黄昏
一些人返乡，回到陈旧的怀抱
一些人回到泥土。云端的神
不认识我。我是这个世界的陌生人
没去过来生，也从未与上帝交谈

和骨头谈谈

我从未向自己的姓氏缴纳过租金
我的身体允许我居住，拥有户籍
一座迟早要瓦解、沦为废墟的建筑
除了母亲，谁会深夜到访我的内心？

她摸摸我的骨头，摸摸我的心——
我的心口啊，多久没被人摸过了
我走过的地方皆是异乡，都不是家
唯一的故居，就是我自己的身体

风霜雪雨不过是身体的页下注
我想和骨头谈谈，和自己的身体谈谈
这黑暗中的宿主，常常把我架空
那被舌头压住的词，试图发光——

罪愆来自哪里，赞美来自哪里？
我要用皮肤做纸，骨头做笔
书写辽阔的人间，我要写下有限的生

和无限的死。以光线的方式写下幸福

再以黑暗的方式擦去。我想问问上帝：
通向自身的路怎么走，坐飞机能到吗
我想拆开身体，把零部件拿出来看看
但身体并非违章建筑，不可擅自拆除

生而百年，终不过是枯草和乱石
届时骨头将完成上苍赋予的使命
卸下我们的身躯，到火焰中报到
唯星辰与灵魂秘而不宣，接管我们

王冷阳，出版人。现居北京。诗歌、散文、随笔、评论等见于《十月》《诗刊》《星星》《诗歌月刊》等数十种刊物，并入选《百年新诗流派金库》《2002年中国精短美文100篇》《感动大学生的100首诗歌》等。偶有作品获奖。北漂感言：活在北京，故乡在体内锈迹斑斑而影像兀自闪亮。我相信，每块木头都有一朵火焰解读它的灵魂，每个人都有一缕光照亮他的一生。

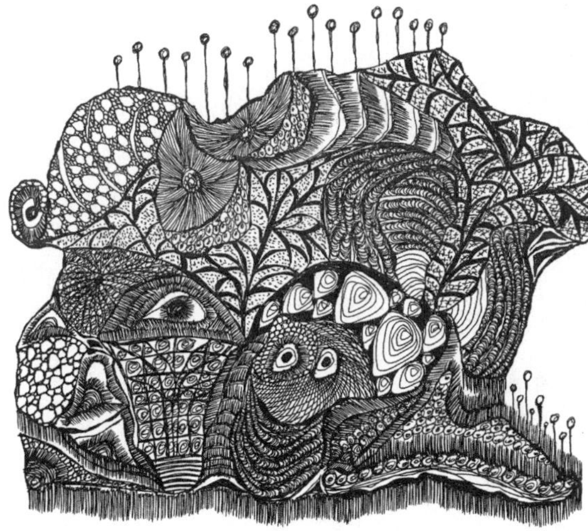

哦，起蕾了
安琪 2019-6-2

种一棵树（2 首）

李飞骏

秋老虎是善良的

秋老虎是老虎中
最善良的
它再凶猛
也敌不过两场秋雨
加一场宿醉
一切秋老虎都是纸老虎
夜是最好的心理医生
用梦哄你入睡
好久没有睡到自然醒了
早起的虫儿被鸟吃

还没到睡懒觉的年龄
生物钟习惯了被闹钟控制
没有鸟鸣的早晨
毕竟还有耳鸣
比虫儿起得更早的是蚂蚁
如我的族人们个个都是劳模
我不敢看蚂蚁打架
不敢走泥土小道
蚂蚁粉身碎骨的尖叫
令人一步一惊

你知道蚂蚁的血
是什么颜色吗
我百度了一下
说法不一

种一棵树

春天种一棵树
世界就多了一条命

我就多了个直系亲属
就从动物家族跨界到
植物世界成了通灵的人
即便全人类视你为异端
你可以作为树的亲戚
与整个森林报团取暖
多种一棵树
我就多活了一世
让我有足够的时间
陪蚂蚁仰望星空
陪湖水临摹白云
在风中也陪自己倾听花开花落的雷声

多种一棵树
胜过多写一首诗
我亲爱的独生女儿
就多了一个兄弟姐妹
百年之后
女儿就不会孤单
树木可以替我再活 500 年
守望着女儿
守望着我曾经深爱的人类
和被战争主义和雾霾统治过的星球

李飞骏，生于 1967，山东济宁人氏，游走北京、济南两地。写诗、学佛、谈天下事，力求精神自治，人称“老李飞刀”。

我们的圆明园（3 首）

陈艺文

小树林

那是个挺幸福的时光
你想呀
从福缘门进来的羊肠小道
有一片树林
你在林子里等我
在夜晚的树林里等我
你吹着口哨
我骑着自行车
一按喇叭你就出现了
我感觉到安全
因为你实在很酷

我们的圆明园

那时候
圆明园的前边有个福缘门
从福缘门往后都叫画家村
画家村的子民
我认识的只有何三坡
那时候他叫和尚
尚不著名
还有丁耐先（写作的）
还有邹阳（画画的）
还有吴可（画画的）
还有何路（写作的）
现在偶尔
我还可以在宋庄见到何路
很多人已不知去向
我们的卧夫消失于 2014 年 5 月
那时他不叫卧夫
他是编辑
笔名晓村

事故

冬天了
院子里的柿子树
还挂着几个红艳艳的柿子
摘了就没生机了
我忍着冷
烧炉子
炖土豆酸菜

那个冬天其实很暖
它是橙色的
太阳一样……

陈艺文，广东清远人。1996年8月赴京。目前在北京圣伟律师事务所工作，负责市场部。

漂浮之力（2首）

阿B

漂浮之力

一
通常，鱼的启示为水清无鱼
浑浊之力下，鱼更具有漂浮的美感
鱼说：不是所有的清澈里都适合我们隐居
鱼曾是北方人贫穷时期的偶像
比如我，只有到梦里把自己交给鱼
赤裸裸的像一条真实的鱼被仰慕或挂念
故乡，只有南湖公园里的水和模糊不清的鱼
我一直在争取某一天看清鱼的面目
或者，到一个有鱼的地方和鱼成为邻居
或者从河里游到餐桌的盘子里
解决一家人的馋

二
被发现时，我还在90至96年的梦里
怀疑我的那批浮萍在画布上只剩下纠结的样子
我还好，至今还在写诗读诗
在变成鱼的过程中听见母亲也在读诗
一个瘫痪者从对面游向你时
水浪也在灌满你我的眼耳鼻舌身意
阿弥陀佛！
远近的群山，不止一次重复过母亲少女般轻柔的声音
痛痒，正令她成为鱼或目标
我们回到水里交谈，在夏末不再为过冬争吵
下辈子把买房这件事删除
把乡音也删除，像鱼那样适于所有湖泊
轻之又轻，就可以游刃有余
所有的异地会有你的床、书桌和光线

三
噢！我在一路向西

15 年前与 15 年后的流域以关联、裂变式存在
不足以证明什么
我肌肤上形成的记忆也在混沌下
有时，需要我回到更深的梦境里去找
被我当成重要的诗歌鳞甲
几经富人的胃口、牙齿和不停止的咀嚼已柔韧
而我，已成为一位妻子
曾于海上漂浮的往事已回到河里成为细浪

四
就漂浮而言，红皮鞋算个什么
它依旧带有负荷的品质，还那么凸显
在理想的翅膀还插在别的城市上空
异乡人，选择把文字插在寂寞的兜里
从长安街的东边走到西边
不打扰、不惊动、不心疼自己
直到东方发白

天空之灰

由于天空是灰的
种种想法可以显示，可以被衬托
当然，你们可以在这个低垂的灰色时刻
把对海子的思念写上去
请相信，这比一张合影有感觉

其实，这天空的灰已到了时尚的边缘
不需要任何一种赞扬
还有一种时尚，就是写诗
一首接一首，给一个接一个的群
我默默地凝视着天空也在时尚之内
默默，也是一种淡灰色

此刻，大片花草因它的灰失去血色
我也抱紧东西而来的风
像是站立在一场饥荒之后的贵妇
冷，处于羞涩，发着低烧

你们可以明白这是海子式忧郁

所以灰在此日如如不动
一览无余的寂寞，一览无余的庄严
之后我代表你们欣赏着天上
不仰望天空，怎么知道你们也是被天空仰望的人间
灰，以灰的高级潜伏着，升华着

阿 B，本名毕翼，生于 20 世纪 60 年代。诗人、艺术家、服装设计师。千草部落女诗人公社发起人。先后在《诗刊》《作家》《诗神》等刊物发表作品。部分作品入选《中国新诗排行榜》《大诗歌》等。策划组织过多场文化活动与诗会。北京中盛凤凰国际文化发展有限公司董事长、QIBUL 柒布了新文化女装品牌创始人兼设计总监。

在黑暗中微笑（4 首）

老巢

去海边，像哈姆雷特一样徘徊

一样的郁郁寡欢
我不是王子
不必承担一个王国的耻辱
今年开始的时节我和他一样失去
慈父，但我父亲
是寿终正寝我没有复仇的任务
我去秦皇岛，去海边
像他一样自言自语把憋在心里的话
说个干净。大海不会因此
而多一些悲伤的浪花也不会因此
而承认我这个秋天的合法地位
但说完了，我的眼泪
就从最高的天空夺眶而出
有了祖先的疼痛
我的爱情，就不再是我一个人

雪上加霜又重阳

唐人
在唐诗里过重阳
他们遍插茱萸少一人
他们菊花须插满头归
他们落帽醉山月，空歌怀友生
宋人在宋词里
尤其是易安居士的词里
过重阳。莫道不销魂
帘卷西风，人比黄花瘦
我在唐以北的雪原和宋以南的
霜野悲天悯人地
过重阳，没唐人豁达
比宋人更凄凉

在黑暗中微笑

已适应黑暗的眼睛
看见比亮处
比日光和灯光里更多的事物
更多的铁，更多的锈迹
金属阶梯像琴键一样陡然
轰鸣，一些翅膀应声划过墙壁
灰尘扑面，我看得见
更深邃的生活，像墨分五色
依靠自身湿度和能见度
向前展开。黑暗混淆血液和水
让遗忘一瞬间完成
让爱更新。当我微笑并发自
内心，所有色彩
都获得更响亮的名字

给你座衣冠冢

亲爱的，有一天
我会离开热爱的人间
但我不会从医院走
从你和亲戚们的眼前走
赤条条躺太平间
是种羞辱。我会悄无声息
消失在青山绿水间
比屈原和李白
走得更离奇，不拖泥带水
我会留下全部衣裳
恨我，你就一把火烧了
如果能原谅我
就留下几件，埋葬

老巢，本名杨义巢。1962 年 10 月 30 日生于安徽巢湖，1993 年 8 月来京。诗人、影视编剧、导演、中视经典电影工作室主任、北京作家协会会员、中国诗歌学会会员。出版诗集《风行大地》《老巢短诗选》《巢时代》《春天的梦简称春梦》《时间的态度》等。作品入选《中间代诗全集》《新世纪 5 年诗选》《北大年选 · 诗歌卷》等选本。北漂感言：漂在北京二十六年了，漂着漂着，就忘了是在漂，好像人生本来就应该是这样子。其实漂与不漂，在心，心安就踏实了。

丝瓜接受了我的批评（3 首）

花语

香椿树上的鸟儿。驾驾嫁

驾驾驾
我没有看到你的马车
嫁嫁嫁，你让我嫁
还是你自己要嫁
驾驾驾
嫁嫁嫁
一个春天的早晨，你反复发出这样的声音
驾驾驾
嫁嫁嫁
你这黑毛白肚一刻也不安宁聒噪的小鸟
坚持一棵树上吊死
你爱它什么，那发育迟缓的香椿树
光秃秃的枝丫，阳春四月还没长出一棵绿芽
你歇在上面一个劲儿地驾驾驾，嫁嫁嫁
烦死我了

房东家的西红柿

全是裂着口的
有些，献出了鲜血
有些，拿出了肝胆
与昆仑相照
房东家的西红柿
有些，直接就生在地里

没有接生婆催生
不听公社广播站的各种忽悠
房东家的西红柿
总是掏心掏肺
把自己由里到外翻出来

每一次炸裂
都是不满
每一丝血红
都是与命运抗争

丝瓜接受了我的批评

前天
我批评了丝瓜：
不开花，也不结果
有意思吗

你这样白白浪费粮食
空气，水
长得三长五大
看上去枝青叶茂
却不见一朵黄花
有劲吗

经过一天反省
丝瓜开了花
金黄的
数朵
还憋出几个小瓜
很显然
丝瓜写完了作业
表现不错

花语，诗人、画家，著有诗集《没有人知道我风沙满袖》《扣响黎明的花语》《越梦》等三部。曾参加第27届青春诗会。获2019第四届华语诗歌春晚十佳诗人奖、《西北军事文学》2012年度优秀诗人奖等。现居北京。北漂感言：北漂是一场革命，是自我放逐，是自甘沉沦，也是不可逆转的长征与修行。

停留者（4首）

红色药水

深V秘密

嘴唇上的裂缝
并不比心中的裂缝多
它们藏在冬天
一个深V字形的角落
窃窃私语。
只有它们能讲述关于疼痛
关于一个
让人无法启齿的秘密
像一个人，曾做过一场春梦
而把它埋藏在心底。

历史感官

“脸庞裸露在空气，不会觉得刻骨”
这是你整个冬季最想得到的一种感觉
经历二十五天，或许更少
某天你在空气中，丢掉瑟瑟发抖的身躯
重新踏入二十年前的感官
某天你发现，你得到的眼睛
皮肤、头发、耳朵，与二十年前相仿
你甩了甩头发，它们套进历史
并产生与历史接近的角度
这使你欣喜若狂，你找到平静的理由
并且完全接受，没有一丝怨言。

停留者

我想只是短暂的停留。
在时光之外。
我不能告诉你，短暂有多短暂。
或者，有多么漫长。

不止一次在天空看到飞鸟。
它们独自、双双、三五成群——
甚至一群南飞。
它们与我们一样，会迷失在路上
终日寻着家的方向。

我不想叫你：停留者。
无疑一颗生锈的铁钉，它不能将自己
扎进任何一块木头当中。
它不能，让任何一个物体疼痛。

第六日·针

有一根针，藏在你永远也找不到的
地方。它毫无防备地出现，无声无息。
它让你浑身不舒服
在身体内部。有些酸，有些疼，有些——
突突作响。如同一个无声的马达
在岸边，自顾自地说。
它看到的故事，比天空中飘浮的云彩多
比闪烁着的星星多。

（第六日，你穿上漂亮衣服。
戴上口罩，帽子，外套，雨衣。
伴上欢声笑语。）

这个时候，你被针扎一下。
在心头最柔软最稀薄的地方，它充满
疼痛。是的，疼痛。
你不与人说话，你幻想着用一种药
来化解那根针。
你找不到任何方法，却也不是无可救药。
因为它并不经常，而是藏匿。

红色药水，又名红药，生于1982年，双子座。2004年从郑州漂向北京。前广告人。北漂感言：在北京，可以做自己喜欢做的事情，可以有更大的发展空间以及实现个人价值的方式。因为未知，所以有无限可能性。

中年书（2 首）

苏真

中年书

中年。性觉味苦。海棠在玫瑰之上
与友人相见的次数日少
谈论也渐渐由生活琐碎倾向于平静的旅程
归来或者离别已经变得寻常
比如昨日，我在梦中踏上火车远行
去往辽阔。去往滇南，又去花湖
水流过一只甲虫朴素的身体
我在它身旁沐浴，读毗卢遮那佛的真言
读人间。素食。灰发可见锈迹
椿树说时光缓慢，人物和景色不断逆行
故乡重现

醒时暮色安宁。我独自饮茶。万物返回星空
很多人慨叹。我方了解茶水的凉
竟然如此锋利。蚀骨
恰巧当时天蝎座投影。湖畔。黄花如繁星
满天。恰巧当时锦鲤浮上水面，与我对视。沉默
仿佛它也腻了终日的孤独，也要游来看一看人世间的
草长莺飞

彼岸花

分别后。她听意大利歌剧
“轻的，像要断了的声音”。没有月光的夜晚
路灯分外卖力。秋风从偏门而入
她写诗。爱上莎士比亚笔下的哈姆雷特
寂寞是一把青铜剑。杀死别人之前需要
杀死自己。孤独是苔藓。随处可见
雨落在儿时的溪水中。恍惚间
她坐着玩伴的花轿。与他拜堂，入洞房
情欲是个寒凉的词语，需要七钱迷离做引子

才可以及时制止山洪暴发。她给他写信
无字。在信纸的一角画了一张雕花的大床
在香榭丽舍大街的第一个拐角处
她看见。巨大的橱窗里他和两个女人谈笑风生
一个是他的女儿，一个是他的老婆
故乡。昨夜下了一场暴雨
那座老木桥，不堪重负。她写小说
她喝牛栏山。吸三五牌香烟。送玫瑰花给一个叫直子的姑娘
风信子和覆盆子，有不同的毒性
她总是梦见自己在某一个瞬间游太虚幻境
她是那块顽石，轻唤他的乳名
——“可卿。可卿”

坐在布鲁酒吧。镜子里的人
不断重复：“他死了。她还在等”
外面。新月浸透了匆匆而过的人群

苏真，蒙古族。2010年来北京打工，后来有了自己的店。2016年在传媒大学编剧进修班进修一年。北漂感言：很多人都觉得在北京不踏实，是漂着的。我感觉正好相反。这里浓郁的文化氛围特别吸引我，我觉得找了最适合我生长的土壤。

什么也没有（2 首）

冷宇飞红

行者

当你的心
慢下来，天下路
皆如此合理
独木桥啊阳关道啊
坎坷或者通顺
哦，你们的缘分

这循环往复的蔓延
你无边的顾及
多少人在你黑暗的羁旅点灯
又多少人悄悄退出门扉
落日接壤了草的额头
你看天边都是迷离

记住朝霞出发的壮举啊
隆隆作响的誓言咯吱吱碾过晨昏
让所有的背影寥廓吧
风吹来的时候
你眉头解处
可无一人

什么也没有

什么也没有
你走之后，太阳
就落了下去
一些余温的杂质正在隐匿
天边
褪掉了唇色

田埂上多了些草

它们向上的姿势仿佛一种开始
这是谁的故乡
留作不能解释的谜团

哦，还有
我认不出那些树
它们陌生起来
都是一个样子
有一只鸟还没回家

它彳亍于黄昏的末端
像从一个断句走出
的标点

什么
也没有
句子没有含义
我
没有你

冷宇飞红，曾用笔名北方、六指光芒，本名张发起，1971 年 10 月生于河北省沧州市盐山县，河北师范大学毕业，2009 年 9 月来京。中国诗歌学会会员、中国工笔画学会会员、中国少数民族美术促进会会员、河北省作家协会会员、河北省美术家协会会员。有诗歌、散文、杂文、歌词在全国以及省市级报刊发表，出版诗歌散文集《精致的时间》。国画作品多次入选全国美展并获奖。北漂感言：北京是一座城，辉煌闪烁中隐隐有金戈铁马峥嵘时空；北京是一片海，自掌舵桨，汹涌间百舸争流千帆竞，踩波涛，握浮沉，绕旋涡，看泡沫几曾经，冲浪几重重。愿作昂扬一分子，合作澎湃筑高声。

掌管时间的人（2 首）

马莉

掌管时间的人

我们在北上的途中
燕子也在北上，风吹起它的翅膀
灯光在陌生人的瞳仁里盘旋，北方
已袒露大地，冬眠的蛇群纷纷出洞了吗
寂寞的村庄重新生长嫩绿叶子了吗
去年的钟表匠回来了吗？年复一年
他把时间从别人手里拿来，擦洗得干干净净
归还别人，他赶跑时间又收回时间，他常常
躺在时间里睡大觉，打呼噜
醒来时，把时间拿在手上，任意摆布
时间带走他大半的岁月
岁月却带不走他的时间
此刻，他仍埋头在低矮的星空下吗
他今年娶妻了吗

远处和更远处

村落那边，孩子的风筝折断了
沙尘暴在风中行走，杏树努力抵抗，弯着细腰
清点身上的果子，黄色的，青色的，红色的，果子
兴奋得蹦跳到地面上，它们互嗅清香
傍晚却缄默着脸，躺在阳光晒裂的地上
呼吸从叶脉深处跑出来的热气和孩子们的笑声
远处的蝴蝶用翅膀遮住黄昏
更远处，你走在回家的路上，眼睛保持着湿润
你轻轻敲门，钥匙转动的恐慌触及美好时光
隔壁传来婴儿的啼哭，他刚从母腹的大海里
爬上岸，日子从孩子哭泣的嘴边滚落
人们惊喜得手舞足蹈，哦，孩子
别哭，在时间的刻度上
光阴已为你备好了长度

马莉，毕业于中山大学中文系。诗人，画家，散文家。中国作家协会会员，中国书画院艺术委员。中山大学艺术学院艺术导师。迄今出版诗集、散文集、画册十八部。诗歌作品被译介到美国、韩国等。获第二届中国女性文学奖、首届中国新经典诗歌奖、2018 中国·星星年度诗人奖、首届抽象北京新当代艺术大展优秀奖、第二届北京夏季展优秀奖等。曾在北京今日美术馆、北京大学图书馆、美国硅谷举办过个人画展。2011 年北漂至今。北漂感言：把途中遇到的时光装进草篮。

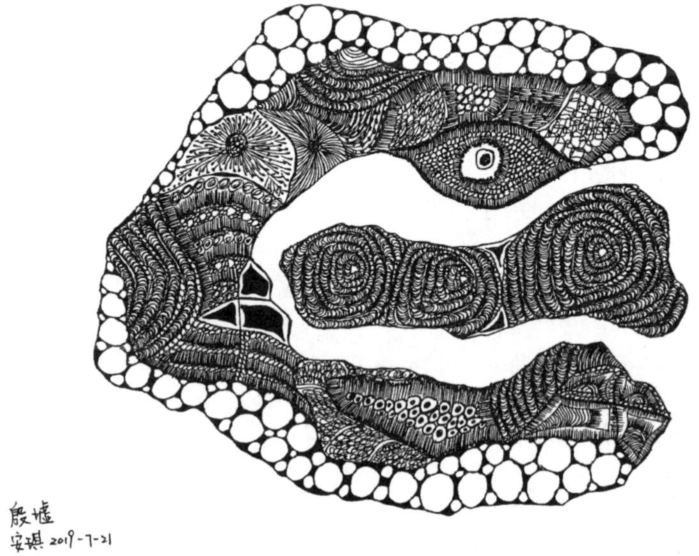

对她说（2 首）

文姬

母亲

昨晚的梦里
我问妈妈
为什么我的脑袋是方的
她并没有回答我；
她不会回答我
在她眼中
沉默是钉子
问题需要被钉在墙上
而不是被回答

一片问题墙
跟一片勋章墙对峙
房间中央，妈妈坐在沙发上
成为一触即发的战场；
我左臂的纹身跟右臂的胎记对峙
发育成型的身体
定期喷涌出一条温暖的河流

把她的嫁妆镶嵌在我的身体里
我知道妈妈是故意的：
那河流虚掩着山洞
苔藓之下是祖先造化的血脉
我的战袍与潮湿对峙
除灵魂之外
其他的都是她的天成

梦之前
看了一部纪录片
一个男人拆解自己的身体
他的脑袋是偏女性的圆：
天成的答案都在母亲们身上

但她们却什么都不说

对她说

我做的不仅是
让每滴雨都像离家出走的我一样
落在你的窗前探望你
渗入冬天的草地

它只不过是某个神秘
而庞大的系统里毫不起眼的一部分
在被梦捕获之前跳下火车
自此，沅江的青雾
由一根火柴划开
而你在沉睡

四季盖住了你的身体
你的唇被同一趟火车来回涂刷
磨得光滑细嫩，只是
失去水分。还记得那棵芙蓉树吗？
一到夏天便沾满粉红色的落霞

你床头有三个闹钟
一个闹钟孤行一意
定时暴雨让我们的
皮肤生出草地
而失去水分的落叶
说，她热爱沉睡

一觉醒来
我躺在巴塞罗那的雨里
眼角一朵抛向东半球北回归线的水花
但很快我又失去了它。
难道是因为，恰恰好
闯入了阿莫多瓦的隧道，又接着
跳上了一趟无名绿皮火车
突然一惊厥地，朝着
你的青春
我的八十年代

遥望了一眼。向后，
又向前？

或者，也许
它只不过是某个神秘而庞大的系统里
毫不起眼的一部分
仅此而已

文姬，湘西人。现居北京。2014 年来北京电影学院学习，至此开始北漂生活。2016 年出版诗集《7》。北漂感言：因为背井离乡，所以才能白手起家。因为白手起家，所以才能与更多志同道合的人相遇。北京是一个极度魔幻的地方，在这里漂浮让一切关于想象力的游戏成为可能。

原声。安琪 2019-6-13

冷与热

王月

深的，透骨的冷
和燥的，酷烈的热
夏日里厚厚的棉被
和冬日里漏风的窗

一样的心情走过四年
记忆淡忘了时间的长度
为那若隐若现的光

疾行的地下铁
和拥挤的人群里
选择性的遗忘终究
抛来一切不曾深思的

王月，1985年1月生，现为北京语言大学英美文学专业博士研究生。中学开始写诗和散文。诗歌见于汉英双语版《中国诗选》《2018中国新诗排行榜》《北漂诗篇（2018卷）》《朝暾》诗集及《千高原》杂志等。北漂感言：漂泊的日子依旧继续，未来走向哪里，我不知道。人生本身就是一场漂泊，我们只是偶尔停靠在不同的驿站罢了。

西客站（2 首）

王文峰

西客站

像一阵无法抗拒的风
抵达祖国的心脏
多么令人兴奋的事情啊
而故乡那双清澈的眼睛
稚嫩的盼成为天空的空

我的单薄在稠密的北京
瞬间小下去
小得那么干净谦逊和美好如初
而最初抵达的西站
施予我最初的恐惧

一切开始呈现
白天或黑夜

这美丽的城市啊
让人勇敢沉湎又过于胆怯
步行在滚烫的马路上
饥渴令兜里的硬币汗流不止
没有方向的行走
多像一张白纸？

这么多人
像深海的鱼群
他们步履匆匆
是在追嗅苦味的太阳和血腥吗？
而我怎么办
在心脏找不到基石
内心的风景孤独干燥

六月的阳光屏住我的呼吸

站在孤独的手指后面
簇拥着心中强烈的渴望
我坚信将在这里成长

重返西直门

十里之遥
我未能抵达南口
以为盲目能招摇过市
浓墨的黑正在构成我身体的疼
来不及驳斥和拒绝
只得返回
等待天明的阳光

继续将身体放置在报纸上
希望增加灵魂重量的人啊
请原谅头顶诡秘的星光
原谅从未如此急喘的乡思

我可以幽含饥饿
幽含四周的冷漠
我不再做一个悲秋的青年
更不会承认
我的抵达和你无关

我失去棱角的身体
已经打开吞噬你鎏金的夜色
纯粹协调合乎常理

王文峰，1976年出生于青海。中国青年诗人协会会员、中国诗歌网认证诗人。作品散见于《星星诗刊》《福建文学》等杂志和各种公众平台，部分作品入选《中国诗歌年选》等多种诗歌选本，出版诗集《有声无声吟故乡》。1999年6月辞职北漂，入职人民日报社。

护理生活

雷从俊

大概治疗室信号不好
弟弟说在 ×× 大学……
我以为他又去进修
差点忽略那个重要的后缀
附属医院

教书育人的地方
兼及救死扶伤
如同我一边处理手头的工作
一边护理手术后的弟弟
13+1 床，附属的附属
这中国化的阿拉伯数字
是病痛的饱和
也是人情的溢出

大修之后的弟弟
是病人，更是教具
主治医师姓师也像个老师
但随同查房的医生护士
都称他师主任，或主任
而不是师老师
让人觉得职务比学识
更能治病救人

这台机器人手术的病例
你们要好好整理
什么感受，你现在
家属不要坐床　点滴快完时及时
叫护士　翻身时不能动病人的腰部
每天半小时给他捏腿防血栓
你们，你，是谁
谁对谁说，都不言自明

医护人员离开病房后
我又发现了遗漏的医嘱
床头牌上分明写着“防导——”
当我调动作为军迷的全部素养
分析导弹与病情的关联
番外军情却被掀起的被角
全部泄露：“防导（管滑落）”

我不能不承认自己是个
蹩足的护理者
只有为弟弟买病号饭时
才能得到一丝丝安慰
那台失修的刷卡机
一遍遍像人一样告诉我
——提醒您（消费）成功

雷从俊，河南淮阳人，1975 年 10 月出生，2001 年 9 月来京学习和工作生活。写公文，也写诗。前者为世俗生存，后者为灵魂生活。

夜（2首）

恩泽

夜色

梦被夜捆绑
思绪的枝枝蔓蔓
向外攀缘

月光蜷缩一旁
冷漠地观看着四周
舒缓或躁动的音符
在鼻翼上跳跃

有人惧怕夜的恐怖
有人拥抱月色的缠绵
有人在夜色里迷路
还有人，与夜色对饮，
醉去，不愿醒来

夜

此刻
黑夜掩饰了什么
那些游走的思绪
飘到了远方

一只野猫
不经意碰响了流浪者的酒瓶
夜和我
同时惊醒了

恩泽，原名张金春，1972年1月出生，1990年12月开始北漂。曾从军二十七年，转业后自主创业，专门从事社区文化公益事业。现为中国诗歌学会会员、江苏省宝应县作家协会副主席。出版诗集《无法停留的脚步》等。

我在北京画地图

倪雯

谈不上少小离家。但家在千里之外

每次工作变动
便以老鼠搬家速度变换住址
公交地铁画起线路图

最早记得，当听到“五棵松到了”
赶紧下车，到“家”了
后来突然切换到：西直门到了
再后来：金台路到了
再后来：劲松中街到了
再后来：天华馆到了
安贞桥西到了，一场秋雨一场凉
梦归：惠新西街北口
兜兜转转，过程中
不得不提一个叫“永乐店”的镇子
路虽遥远，结缘良善
在这个深入农村的四合院休憩数月
个别短暂停下脚步的地方
另算

每次，总以为从此安生了
却在这城市东西南北中
鸟一样迁徙，仿佛
老大归乡
且把京城测量一遍

倪雯，1969 年 4 月出生于安徽巢湖。曾做过多年媒体编辑、记者。北漂感言：平生两度旅京，前期十年前尚安居乐业，后度 2018 年初再次赴京，业随境转，亲情相隔，漂在京城，倍感人事零落；但心性向善，诗心不泯。

在晴日里晚出门

城西

在晴日里晚出门
我就蹚着这初夏的脚步
懒散走着

我是住在被大树弥漫的安静角落里
直到路过被赭石色染的低矮的楼房
太阳光直直打在我的脸上
我的眼睛顿时感觉在缩回我的头骨
如我混迹在这个尘世一般　羞怯了

大抵我形单影只的模样
从未有人发觉

我拖着饥肠辘辘直到熙熙攘攘处
被打了多次卷的钱币
留给了贫瘠的街巷深处

也留给我无尽的愁绪冥冥

城西，本名马永刚，1994 年生，甘肃平凉泾川县人，美术学中国书画专业毕业。2017 年到北京。北漂感言：我置身在繁华处，就在繁华处过活；置身寂静处，就在寂静处呢喃，有什么好与不好的呢？

优越感

李茶

有时候
我会主动提走
邻居放在门口的垃圾
或者帮助行动不便的老人打开门禁

我这么做
不是为了体现自己有多么好
那有什么用呢

我这么做
只是为了短暂体验一下作为一个好人的优越感
然后，迅速把它忘掉。

李茶，原名李家红。1974 年出生于山东章丘。1992 年来京。日语教师。作品在《汉诗》《诗刊》《扬子江诗刊》等发表。部分作品被译成韩语。曾获第三届国际华文诗歌奖提名奖。两度当选“中国实力诗坛诗人”。

春天（2首）

梁子

南京南站

南京南站到了
列车停下
放下一些旅客
和垃圾
我也下车
在月台上猛吸
一颗烟
还没吸完
就掐灭了
烟蒂丢入坑道
匆匆上车
时间在这个时候
显得慌张
而紧凑

春天

我说过
在春天
我要写一百首诗
九十九首献给你
剩下一首
献给我亲爱的
——祖国

梁子，本名梁相江，1965年8月28日出生于浙江新昌。1990年毕业于杭州大学历史系。1986年起，先后在《湖南文学》《文学港》《人民文学》等报刊发表诗作，作品收入到多种诗选本。现居北京。北漂感言：自2003年“非典”后来北京，搬了十多次家，北京的东南西北都住了个遍，像无根的浮萍。生活不易，北漂不易。

一个没有时间的人（2 首）

黑丰

充气的飞机一直向南

二〇〇五
我腌在这一年的缸底
腌在南方北方双层被的雪里

江南口岸
老父的目光
—烤我

我知道
一个人，经烈火一熔再熔也不熔的骨
才叫骨；经过沸水一煮再煮
也不变色的血肉
才叫肉
但，父亲呀
——你的烈火淬我变色
我的骨中之质一碰你就熔

……空衣袋
空人

原谅我吧，父亲
原谅我，孩子
还有糟糠的老婆……

其实，我的充气的火车票
充气的飞机
一直是向南的
一直向南

一个没有时间的人

在
别人的城市
别人的时间中

偷生

我曾
历经种种努力
结果都一样

别人的

像一枚果实我
散佚在这里
散佚于这滇东春城的一片阒寂
迅速弥合

大寂无痕

满街的鱼
满街的喁喁满街游荡满街慵懒满街沉潜

无我
无名
在别人登记过的时间中
漂浮
而
我的时间被挂上
一把锈锁
我是一个需要暂住证的人

黑丰，诗人，作家。北京某文学期刊资深编辑。2005 年 8 月来京。著有诗集《空孕》《灰烬之上》《猫的两个夜晚》、小说集《第六种昏暗》《人在芈地》、随笔集《寻索一种新的地粮》《一切的底部》等，作品被译成英语、法语、西班牙、罗马尼亚语等多种文字，传播于海外。北漂感言：一个诗人，就是一个永远追赶“太阳”的人；追赶太阳，而不是夕阳，更不是黄昏和黑夜；而是把自己永远置身于光亮中，把自己永远置身于一个“比早晨更早的拂晓”中。

爱（2首）

韩晴

爱

膨胀的感觉
就像什么吃多了
就像在我之前还有我
他对植物更有情欲
蜜蜂吃花不为爱情
月亮起起伏伏的模具
谁把自己藏在后边
卷起床单的一角
一遍遍说我爱你
晨风有点凉
昨夜有点凉了
不，这不是全部
晃动我的卡瓦菲斯
晃动我的烟炉
我竟再也不能够反对什么
窗前一片笔直的影子
在人间的匣子里
我们共为影子恋人
延伸偶然的路途
或者在两者之间
抹平界限
角角落落都满铺华绸
落满锦上添花的叶子
直到合金把手的最细部
也倒映着狂弑的黑豹
房间的另一角
他在拍照，收拾道具
独对蔷薇喃喃低语
不，这不是全部

图像

洁白，凸起
苍穹之下
回流的大海从我额间滚落
沙漏，我的眼
作风语，红唇
长长的耳鸣之马在两鬓间奔腾
潮汐，倾吐彩虹棉线
交织经纬，锦匹
夜之马
在我红唇里啃噬
短草，我额间的潮汐低语
我的血液倒流
双目低垂
开裂，升起
一明一灭
巨大的空洞
是风
一呼一吸
肉体山川
红红绿绿
降落
我在水底
看见自己蜉蝣的脸
滋生出新的星系
游鱼的眼睛
在我的脑后
那是我不能够完成的
另一个我自己

韩晴，生于1984年10月，毕业于天津美术学院油画系。2006年到北京学画。2010年常驻北京上苑村写作，画画，生活。北漂感言：于我而言并不存在北漂的概念。因为心之所向即为家。艺术是家。艺术即是生活，即是梦。愿在人世把梦做下去。诗歌也罢，绘画也罢皆是表达方式。

夜深了

大玉

夜深了，我和爱人赶到医院
急匆匆地冲入急救大厅，看到父亲
已经无法言语，无法吞咽一勺米汤
甚至无法认出我这个女儿，泪流下来
任凭我怎么呼唤，父亲的眼神都是空洞的
夜太漫长，每一分一秒都是煎熬
只能看着冰冷的液体流入您的血管
一滴一滴，刺痛女儿的心
再为您掖掖被角，颤抖的双手
小心翼翼，您每次呼吸都是艰难的
张开口，粗重地喘息
什么时候开始您已老去，而我还不曾长大

夜深了，黑暗吞噬所有的光
痛苦再次蔓延，唯一可以伸展的手臂被捆绑
躯体僵硬，塑料管通过鼻孔插入胃里
终于在夜深时，挣脱了束缚
拔掉了氧气管、胃管，扔得远远的
试着起身，却是无能为力
尽全力去挣扎，不停地翻动
尽管只能挪动一点点，直到天快亮了
您吃了两片安定，依然毫无睡意

夜深了，七楼有新生儿在啼哭
他们哭声嘹亮，仿佛在宣告自己的降生
周围的亲人微笑，幸福满溢
十五楼的老人奄奄一息，有人死去
有人在痛苦地呻吟，等待最后的终结
陪在身边的人，泪已决堤
病房外的叶子，有的飘落
有的开始在黑暗里腐烂变质
直到化为尘埃，与泥土融为一体

大玉，原名张玉伟，1982年出生于河北保定，已在北京工作十五年。北漂感言：无论都市如何喧嚣，始终追寻内心的宁静。

在浑然不觉之间
安琪 2019-6-19

2018（2 首）

杜思尚

团聚

我们依次上完香
磕完头
立在一字排开的三座坟前
二哥摸出打火机
给我和大哥点上烟
这一天
我们兄弟仨
从天南海北赶回来
烟雾缭绕中
我看到老宅前的皂角树下
父亲老哥仨
正蹲在一起
你一口我一口地
传递着一杆旱烟

2018

装修豪华的大理石墙上
贴着公司辉煌历程的镶金框照片
2015 年获“最受信任企业”
2016 年参加金融博览会
2017 年获 A 轮融资
现在，一大群投资人
正蹲在地上哭
有两个人
在狠狠地抠照片上
一些人的脸

杜思尚，1974 年生于河南南阳，2008 年定居北京。先后毕业于解放军体育学院、解放军艺术学院，曾当过伞兵。诗歌作品发表于《文艺报》《解放军报》《解放军文艺》等，入选《新世纪诗典》《葵》《中国先锋诗歌年鉴》等选本。著有诗集《人间》《我常垂钓于逝水河畔》。

一平方米的孤独（3 首）

刘浪

一平方米的孤独

在北京，要花多少钱
才能买来一平方米的孤独
而同样的钱，在城外
可以买到一个客厅的自由
或数尺见方的庭院
或上百亩山林和田野
一年的使用权
或近千只羊的放牧范围
或一片云从天空
投下的阴影
或一阵风刮过的长度
或一声鸟鸣唤醒的空间
或一个坐在麦垛上
抽旱烟的人，从眼缝里
望出去的世界——
他的孤独和大地一样大

背面

许多年前，一次外出游泳
我差点在美丽的湖中
失去自己的影子——

然后我被一只手拽到了
今天，眉毛依然滴着水
四肢仍像刚剥皮的兔子一样打战

我吃东西时小心翼翼
怕一口穿过几十年的甘甜
咬到莲子深处的苦味

那些围绕我身边的事物
共同构成今晚的月亮：它逗起
我体内的潮汐，却从未对地球

展现它神秘的背影
一扇门开了，而我不知道
自己在里边还是外边

我必须同时花掉
一枚硬币的两面
在爱一个人之前先考虑

她的可恨之处
就像剪报之前先翻过来
看看它的背面有什么……

盲人

沿着黑暗世界的脊椎，他把心里那盏灯
走亮了，一丝丝从他衣缝里泄露出来的光
洒在盲道两侧。我们被照耀着却一无所知

刘浪，男，1992年生，湖北广水人，2013年9月北漂至今。作品见于《星星》《长江文艺》《青年作家》等刊物，部分诗作入选《中华文学选刊》《中国90后诗选》。曾获《广西文学》优秀作品奖。北漂感言：我最好的作品都是在北京写下的，换句话说，我最好的青春也是。

多么光亮的世界（2 首）

杨治国

表叔家的妹妹出嫁了

表叔家的妹妹高中毕业了
考上一所非常烂的三本
因为学费　表叔愁白了头

表叔家的妹妹出嫁了
19 岁不是结婚的年纪
几桌酒席　就成了别人家的人

表叔家的妹妹上大学去了
年轻的婆婆说
闺女　我供你

一切都那么自然
除了母亲的几声叹息　我的几声感慨
事情就这么平静地过去了

多么光亮的世界

多么光亮的世界
蓝天白云　好大的湖　绿树点点
安心地种庄稼　没有秤
也不担心蛇　忧伤换了模样

风握握花的手　香手帕就送给他了
种子吻吻黑土地　黑土地就嫁给他了
温暖的小房子　拥抱你
关心每个楼层的灯光

走出去吧
遇到的每个人　都增加你一倍的幸福
他们打开锁　还给我

菩萨心肠

我没有变
仍然爱你　爱重回这里
人们开始相信太阳是真的
她只是走自己的路　多么仁慈

杨治国，1977 年 4 月出生。2005 年开始北漂，断断续续至今。

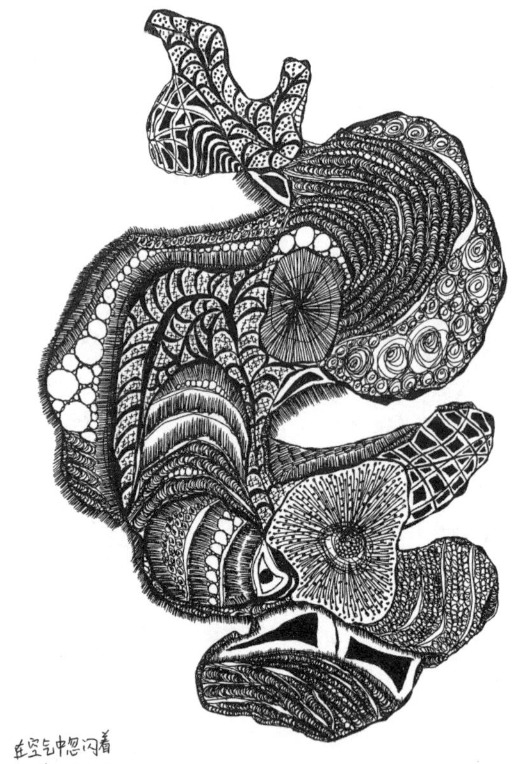

鸽群飞过工地上空（3 首）

王金明

你的时光

来不及存盘，用过的日子就已删除
来不及擦汗，搅拌机又开始招呼
整个城市都已入眠，你开始擦拭苍穹
这样的劳顿和寂寥才配得上岁月如歌
你是那个因为写诗而羞怯的农民工
想把自己寄给迢迢银河
卷扬机要加上消声器
沙石堆要盖上防尘网
进商场要蹭蹭鞋底的泥
你呵护的世道人心要充满阳光
有一天，这世上不再需要金钱该多好
那你一定是个最富有的人，你有
诚恳，宽仁，刻苦，你有花不完的任劳任怨
你身体里有太多从未写出的金子般的诗句
就像眼前你把可靠的人生
不停地浇筑进永恒的时间

鸽群飞过工地上空

鸽群每天飞过工地上空
你认出了恋爱的那只它满脸幸福
而育雏的那只更加辛苦
有伤的那只也没有放弃飞翔
此刻来一阵迎面的风就好了
鸽子们的翅膀只需饱满地张开
生活就会惬意地前行
楼顶就要竣工，都市又提升了等高线
仿佛天天向上的人们可以更加接近天空
而你将重归新的奠基。已经熟络的云
今天又变了模样，好像有一点惆怅
最近处的那条繁忙航线，又一架班机

离开首都，舷窗像一排家书上的小字
据说天上来往的人都有候鸟的属性
愿他们平安到家。年关将近
你还没有订到返乡的车票，起风了
你小心扶着吊装的墙体，缓缓
弥合了又一个居家的缝隙，你想伸手
再拽一朵云彩，替他们擦擦窗户

大雪来临

京郊深冬，还是没有雪的消息
但石粉弥漫，你周身像裹着一场雪
雕花石栏上，磨具矢志不渝
有时用凿子敲击，能感到石头痉挛
你整日蹲着跪着，身边站起了巍峨宫殿
你不知道你雕刻的盛唐也正在下雪
落得你满头满脸雪人一样，消逝的时光
都流进了石头，现在你要取出来
像取出身体里的盐。在故乡曲阳
石头就是石匠的骨头，雕工就是石匠的脸面
此刻石头分解成粉末，再次进入你的生命
憋了那么久，真的雪，突然来了
这巨大的白茫茫似乎要抹去石匠的身影
抹平世上那些皴裂的伤口
它做到了，仿佛每个人都已经与生活和解
石雕们活了很多年，有些石头在月圆之夜
会悄悄走出硬骨头的诗人，或者一位佚名的石匠
如果那个人咳嗽，请让他把灰尘吐出来

王金明，1958 年 1 月出生，2006 年到北京生活至今。影视编导，自由撰稿人，曾在《星星》《上海诗人》《散文》《散文诗世界》《新华文摘》等报刊发表过文学作品。电影作品《倾城》（合作）、《何二狗的名单》等曾获电影金鸡奖最佳原创剧本奖、夏衍电影文学奖、中国人口文化奖等。北漂感言：北漂是共性的，也是个性的。每个人都是一本书，我阅读他们，也阅读自己。创业者，劳动者，一定会在这座伟大的都市，找到自己的精神坐标，安置高尚的情感。他们是漂泊者，也是奠基者。我需要用诗歌寻找他们，也顺便寻找到自己。

孤独之舟（3首）

邢昊

梦是心中想

左边停着一列火车
右边停着一列火车
左边火车上的大女儿
和右边火车上的小女儿
隔着车窗
用手比画着
玩得正起劲儿
火车突然开动
一列奔向重庆北
一列奔向北京西

趣味数学

我小女儿一年从北京回晋城探亲一次
我大女儿大女婿两年从重庆回晋城探亲一次

一旦遇到大雾大雪等恶劣天气
所有的道路就都给封死了
我们就无法从晋城赶回南姚村
和我老母亲过年

从大女儿结婚算起
到老母亲不幸患肝癌去世
整整五年零三个月了

请问：在这漫长的时间里
我们全家人一共团圆过几次？

孤独之舟

在泰国乘船时
天津女诗人君儿的鞋子丢了

也许它会被海里戏水的游客捡到
也许它会被沙滩漫步的情侣捡到
也许它会被出海打鱼的渔民捡到

更多的可能是
它像一只孤独之舟
默默丈量着
辽阔的太平洋

邢昊，1963年生人，北漂九年。当代先锋诗人、作家、画家。现为北京上苑艺术馆“国际创作计划”驻留诗人、艺术家。在《诗刊》《星星》《北京文学》等文学杂志发表诗作千余首。诗作被《新世纪诗典》《文学中国》《二十一世纪中国最佳诗歌》《中国诗歌排行榜》等六十余种选本入选。著有《人间灰尘》等诗集八部。出版中韩双语版诗集《怀乡记》。有诗作被译成英语、法语、德语、韩语、日语等外文。2019年，获“亚洲诗人奖”。北漂感言：从某种角度讲，“北漂”早已变成一个符号。接下来的日子，究竟漂，还是不漂，其实并不重要。重要的是脚踏实地，写出好诗！

过客（2首）

孙恒

想起那一年

——打工青年艺术团创建20周年纪念版

想起那一年
我离开故乡
离开生我养我的村庄
今夜梦里面
我回到故乡
回到妈妈温暖的身旁

家乡的河水现在已上涨
远方的人儿还要去远方
门前的桃花现在已盛开
离家的孩子何时能回来

想起那一年
我离开故乡
离开生我养我的村庄
今夜梦里面
我回到故乡
回到我心爱的姑娘的身旁

家乡的河水现在已上涨
远方的人儿在远方歌唱
门前的桃花现在已盛开
唱歌的人儿何时能回来

过客

在东五环外的温榆河畔
我泪流满面
同是天涯沦落人
哦！

头顶上的飞机两分钟一趟
我大声呼喊
没有人能听见
哦

我是一个过客，我是一个过客。
我是一个过客，我难道只是一个过客？

城市里面灯火辉煌
出租房里昏暗灯光
我紧闭双眼突然听见
一声叫喊

在阴暗潮湿的地下室里
我怀抱吉他
一场大水过后
我不再歌唱

我是一个过客，我是一个过客。
我是一个过客，我难道只是一个过客？

在十一月的那个夜晚
我无家可归
我全部的热情和梦想
被一场大火烧个精光

在一个辉煌的节日里
我大病一场
我是如此的卑微
无法抵抗

我是一个过客，我是一个过客。
我是一个过客，我难道只是一个过客？

在村子里坑洼的街道上
我莫名忧伤
孩子们在奔跑在玩闹
我看见危险看见希望

在热火朝天的工地上
我身心疲惫
眼看他起高楼
眼看他拆平房

我是一个过客，我是一个过客。
我是一个过客，我难道只是一个过客？

在暴风雨来临之前
我脚已受伤
待不下的城市
回不去的故乡

年少时我逃离家乡
身无分文怀揣梦想
如今我已老眼昏花
归乡的路那么漫长

我是一个过客，我是一个过客。
我是一个过客，我难道只是一个过客？

孙恒，河南开封人，1998年秋天来到北京，起初在歌厅、酒吧唱歌，后来在地铁里或街道边卖唱，再后来在打工子弟学校做音乐教师。发起组织“打工青年艺术团”，创办打工春晚，创作演出《天下打工是一家》等歌曲。

冬天里的游击队员

许多

嘿，朋友，面对这冬天
我们还只能是游击队员
记得带上你那把枪
在被离开之前

哦，过去的，快要被抹杀
未来的，远在天边又被变化
被困的现在
已是一场持久的游击战

左冲右突奔波在这人世间
背后那野火它烧呀烧不尽
人生苍茫春风一吹便又生
一边绝望一边炙热地生活

嘿，爱人，世界很壮烈
那些火热的季节已燃烧殆尽
我们幸存着走到今天
然后赤诚相见

哦，这城市，已长不出爱情
在山川，我们自由地舞蹈
相遇的余生
已是一场喜悦的青春

左冲右突奔波在这人世间
背后那野火它烧呀烧不尽
人生苍茫春风一吹便又生
一边绝望一边炙热地生活

我们准备走大路
我们准备走小路
我们准备走直路、走弯路、走夜路

走过白天是夜路
走过夜晚是明路

我们走上坡路
我们走下坡路
我们走斜路、走岔路、走绝路
走过天涯还有路
走完绝路再赶路

许多，男，浙江海宁人，1999年来京。摇滚青年。2002年五一，发起组织“新工人艺术团”，成为一位劳动文化的发声及组织者。北漂感言：北漂，让更多人走到一起来！

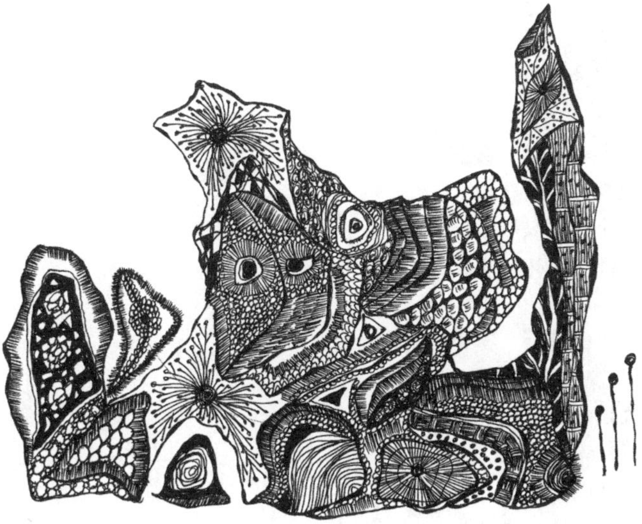

在蔚蓝的空气里
安琪 2019-3-9

租房记（2 首）

周江华

租房记

说到阳光
就说到堆积杂物的客厅
蟑螂出没少女零落的客厅
歪斜无序的鞋
是匆忙搁浅在荒岛的七条渔船

说到黑暗
就说到隔断的房间无窗
终日寂静，四壁平滑如
打坐的玻璃
但照见体内
布满一群鸣叫的星星

矮床是河流上漂浮的一截棺木
涌动的波浪盘旋至天花板
复又跌落，小小的风暴
卷起烂梨阴郁的气味的帆

炙热的蛇从我的肺部
或命运游出
它们不懂忧虑，在云层交配
太阳落山我并未意识到
当门吞食不同的晚餐
在每一个夜晚，从六点到八点
看一个个长短合同
从公交车、小吃店、车间、办公室出来
页角卷边，承受不起自己的名字
最后什么也留不下
是一个个日子的溺水身亡

只有骨头尚且写诗，把脚伸进唐朝

拆迁大厦，拔高村庄，移植七只野鹤
嫁接两座远山，夜色中一场病酒
故乡外雪的灰烬
慢慢没过躺下的鼻尖
等骨头慢慢磨成一轮弯月
我想，会插上那些高楼的云髻

发芽的大蒜头

十四天的旅行结束。出租屋内，
厨房，水槽边，一颗大蒜头
已独自宣告春天。在北京的冬日，
没有暖气的厨房，
一线绿意，蓬勃无边。
这顽强的生命力，令人感动和吃惊，
因此我一直留着，不吃，
任你生长。现在，
你已经长得足够高，
在厨房有点碍事了，
应该找点土，种下你。
然而过程会比较麻烦，
五平米的出租屋也挪不出
你一丁点的生存空间。
我惋惜着
把你连同养你的小瓶
一同扔进垃圾桶。
回家的路上，只觉得
自己很轻，
仿佛刚才扔掉的
是生命上很重要的部分，
但又说不清楚。

周江华，笔名楚吴，1990年生于安徽望江。毕业于安徽师范大学中文系，曾任江南诗社社长，作品散文见于《星星》《诗选刊》《诗歌月刊》《草原》《中国诗歌》等，有诗作入选《当代新现实主义诗歌年选（2011卷）》《2012年中国诗歌年选》《北漂诗篇（2018卷）》等。参加星星诗刊第四届大学生诗歌夏令营。2017年2月到北京工作。北漂感言：漂在当下，诗在当下，守住吾心在当下。

九月（2 首）

秦进斌

九月

风从更远的地方
穿越高山牧场
熟悉的问候
惊落一树苍翠
记忆爬上枝头
在被遗忘的世界中
寻觅你的身影
一遍遍呼唤
你的名字
九月篱菊初开

七月

七月，记忆燃烧
闷热和躁动袭来
芙蓉低头哭泣
惊动水下巨人
开始吞噬
一座山一个城池
吐出思念
风云再起
读一首诗让七月安分
将魔神驱赶
在银河的两岸
把青春唤醒
在你我活过的刹那
前后都是暗夜

秦进斌，笔名诗话，1974 年生于广西桂林，现定居北京，从事金融行业，自幼酷爱古典文学，诗词歌赋。

今昔

古雨

用一件旧事凿开身体
让光进入，哪怕在这暗夜
尖冷也让它进入，曾呼喊

翻滚，甚至一度死休的肺腑
把离别后的另一种形态
分化消解在乌鸦飞来之前

雨的多情终于在这人间煽动
明天的草地会长出明天
以及淡淡的甜

展翅吧，凤凰！在这个时候
人们依然高歌、欢呼
为他们各自的生活里的鲜花、掌声和幸福

而，多年后
白昼和黑夜都有了火焰
你终究会具象成一个名词

古雨，畲族，1985 年生，浙江丽水遂昌县人。北漂感言：爱人在京做音乐二十余年，2018 年 10 月我奔他而来，在暂且不太适应的环境里，举着内心的灯火走进陌生人群。“追逐太阳的人啊 / 尸骨埋在了路上 / 来年生长的野草 / 望着南方微笑”。爱人的歌词是我生活的写照。

二手乡愁（3 首）

王二冬

方言

灌满泥土的四肢
是方言一天天抚平发炎的丘陵和盆地
无处释放的张力，凝聚成夸张的喉结
蹿动在异乡的人群
我生来驼背，唯有方言挺得笔直
像一根旗杆高举着以“东河西营”命名的大旗
我就这样奔波在陌生、质疑和嘲讽里
用方言购物，用方言打车，用方言找工作
用方言交流；用方言跟一个
说着相同方言的姑娘谈恋爱
用方言买房子，用方言结婚
生下一对说方言的土儿女……
当我老去，我希望亲人用方言为我送行
把我的小名刻上墓碑
让风来读却总也读不懂
然后，被一口方言狠狠地拽出骨头
斜插在生养我的土地

二手乡愁

天色将晚，母亲将月亮搬上灶台
没有抒情，只有水不停地沸腾
秋风吹过火焰，木头粉身碎骨
噼啪声中，有花朵对果实的惦念
钻出黑暗的炊烟中，有母亲对我的惦念
一把火烧出两种温暖，一缕烟飘成两种遥远
——那是我们共同的二手乡愁
我轻举杯盏，借酒消愁的人不只有我
还有李白。照过李白的月光
也照着我，我的乡愁中也有李白的乡愁
唐朝的酿酒人消失不见，二手的吟唱

二手的唐诗宋词，都在二手的啜泣中
变得浑浊。当我原路返回
二手的尘土中，只有站在故乡的我
是唯一的，母亲的眼睛里有恒久的爱怜

刺猬歌

地铁上，我在众人触屏的指尖下
浑身颤抖。把头扎进背包
像一只刺猬，把肉身缩进刺里
多么幸运，上帝允许它把刺生在体外
我的刺长在心里，还要背负疼痛
行走于人世；它还可以把夜
戳出窟窿，撒下点点星光
偷食东河西营的秋天
我却要游走于寒冬，用尽一生
学习一条鱼，把刺进化成骨头

王二冬，本名王冬，1990 年生于山东无棣，2018 年 6 月旅居北京，系快递行业从业者。山东省作家协会诗歌创作委员会委员。北漂感言：爱比恨略多一点。

听藏地音乐（2首）

万华山

听藏地音乐

夜晚究竟有多强的咬噬力
让我化成一条深海的鱼
藏地的音乐有多少魅惑
一只大鸟扇飞杂色的羽毛
一座山隐藏多少具面孔
让太阳绕道而孱弱
在一个自我映照的时刻
万物升起恢复原始的粗糙
一片烟雾筑成管状
一颗心蜿蜒爬行
你看见了什么
一根木头生出木耳
在暴雨的掌声之后
一条狗昂首向天
在荒野的微茫面前
我砸碎时光的酒碗
在引力里寻求一片宇宙
一片羽毛，一粒果核
山峦的裂缝透出桃源
腾驾的烈马驶向何方
四周高耸，四周塌陷
只有光与暗交织翻滚
所有的背弃与肩起
在生与死的分明中
不由分说消融了卑缩
在今夜踏歌而行吗
还是在明天消沉于杯酒
似乎一杯酒凝成一滴大海

山上·山下·轮回

那些敏感的心，极早触到悲凉与恶俗，
于是需要一个虚拟的世界，
想在虚拟中挣脱一切，塑造一个天堂，
当它走到峰顶，肉身单薄，气若游丝，
方知天堂无非是由尘世汲取的气力搭建，
此时，那气已然衰竭了，是死在山上，
如同被蒸发的晨露，
在光里消散掉重量与脏污，
还是返回山下，继续每日的烟火与庸俗，
伴随着琐屑与恶念，
回归为一个沉重冗杂的肉身？
从峰顶的雾障里脱身，
每下一步台阶，身量便增加一个砝码，
所有的失去的气力从地心迎回，
唤醒远去的喜怒、愁苦与悲凉，
生命中太多的设置，原是无可更改，
光荣与高洁只容许在想象中达成，
而世俗的劬劳与无奈将在轮回中不停歇上演。
你将孤独吧，
孤独地感知世界的存在，
慢下来，就看清蹒跚而行的同类，
彼此默对，像一群梦游者。

万华山，生于1989年1月，河南正阳人。2016年8月开始北漂。先后做过书店店员、文字编辑、文案，目前为自由撰稿人，皮村文学小组成员。北漂感言：在这里找到自己的初心与文字梦想。

附录

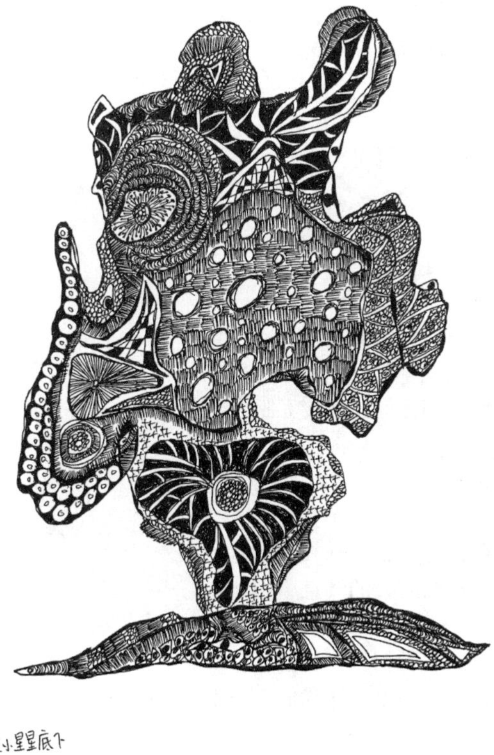

在一颗小星星底下
安琪 2019-3-26

你是早晨八九点钟的太阳

——为《北漂诗篇（第三卷）》而作

智英

此刻，我期待
朝九晚五的脚步
能像悬停在晴空下天吊的铁臂
停一停，喝点酒
像个赶考的孩子，在这个夏天
从未喝过高度白酒的你，喝一次

此刻，我渴望
朝九晚五的身影
能像拥挤在长安街的滴滴快车
找个阴凉，睡一觉
像个刚出生的婴儿
从未喝过母亲乳汁的你，马上

此刻，我期盼
礼拜天二十四小时的灯光
能像京城的万家灯火
伴随晨昏，日出而作，日落而息
像异地恋的姑娘小伙儿
从未仔细端详过彼此的你们，夏夜无眠

此刻，我是一粒种子
听见了春的消息
那覆盖着我的野草，野花，瓦砾，以及雪
粗粝的温暖，和雨水滋润我的气息
我们一起破土发芽——看布谷鸟——衔来
——洞彻肺腑的——蓬勃朝气——
——此刻，年轻人，停一停，让我们——不醉不归——

智英，原名郭万景，河北人，1969年生人。90年代初发表诗歌，散文。后停笔。现任企业高管。网上看到《北漂诗篇》征文，又燃起了我对诗歌的记忆和激情，特为《北漂诗篇》献上一首诗。

“一百个杜甫与我们相遇”

——读《北漂诗篇（2018卷）》

张德明

《北漂诗篇》是有自己的选稿原则和美学要求的。除了写作者具有“外省”身份和北漂经历外，还需要其诗作能接地气、重体验、有生活，诚如安琪在2018卷“后记”中所陈述的那样：“我希望投稿《北漂诗篇》的诗作在情感上能落到实处而非空泛地抒情，我希望有细节的真实，有感知得到的生活的底质，有鲜明的悲和喜的作者形象，有看得见的北京面孔、触摸得到的北京体温。”或许正是这样的选稿要求和艺术期待，才铸就了《北漂诗篇》独特的审美品位和无可替代的历史意义。似乎可以说，《北漂诗篇》的编辑与出版，为一百个“当代杜甫”的出场，作了坚实铺垫。在诗选的序言里，师力斌深有感慨地说：“在生命的意义上，优秀的诗歌本质是一样的。伟大的诗人杜甫又何尝不是颠沛流离的京漂、草根、房奴或打工者？在阅读的许多个瞬间，我在北漂的书写里找到了没房住的杜甫，远离爱人的杜甫，拼命工作的杜甫，缺衣少食的杜甫，失意的杜甫，终夜徘徊的杜甫，醉酒的杜甫，翘首期盼朋友到来的杜甫，女杜甫，失去父母的杜甫，流落他乡的杜甫，爱花的杜甫，恨鸟的杜甫，悲喜交加的杜甫，悔恨一生的杜甫……一百个杜甫在这里与我相遇。”也就是说，在北漂诗人的诗歌表达里，我们得以目睹了当代都市中普通人的多样生活面影，体验到在北京打拼的知识群体生存的不易和坚守的可贵。北漂诗歌是具有现实感和历史性的动人之作，是录写现代人真实生活境况和内在心灵轨迹的当代“史诗”，其诗学价值是不容低估的。

一定程度上，生存的局促，工作的辗转，生活的不易，已然构成了不少“北漂”族当下存在状况的客观写照。“由于狭小，屋里的每件东西都有多种用途 / 唯一的桌子，既是饭桌也是书桌 / 仅有的窗户，既用于采光也用于眺望 / 那扇门，一旦关上就没有另外的出口 / 这张床，是他们争吵的地方也是他们和解的地方”（刘浪《由于狭小》）。“狭小”的空间性定位，构成了“北漂”族生存地盘和居住环境的形象折射。“混迹于各种胡同巷道 / 的曲径通幽，混迹于 / 油条的四肢、卤蛋的星体之上。/ 但内心的迷宫 / 尚未建成”（郭小强《北漂》）；“换工作。换房子。总是在换。小文 / 有什么东西在追着你，让你 / 不停地更换地址”（冯朝军《她说的漂泊》）。所谓“混迹”，所谓“换工作”，不过是在并不宽敞的空间里，努力寻求生存的路径，拓展存在的更大可能。“钢铁的车厢每天反刍着人群 / 人世的味道晃荡着时光隧道 / 玻璃幕墙露出事物内部的脸 / 熟视无睹又面目全非 / 所谓高峰就是集体出工收工 / 这最盛大的传统解说着时代 / 多少祖传的农人移居到楼群中 / 像落叶让灵魂成群结队又互不相识”（王金明《城中记》）。在城市巨大的胃部，北漂人不过是其不断反刍的目标，高峰期的人潮涌动和人世复杂味道的四处晃荡，真实塑写了他们生活的日常情态，“像落叶让灵魂成群结队又互不相识”由此构成了漂泊生活的高度概括和生动喻示。对于北漂人来说，女性的生存之路，也许比男性更要艰难，“我肯定不是良家妇女 / 我肯定我不是良家妇女否则就不会 / 背井离乡 / 我应该守着故乡红砖墙和雨水浸润出的 / 黑褐屋檐 / 生一个女儿抚育她成长 / ……我应该守着故乡红砖墙和黑褐屋檐下的老父老母 / 牵他们度过旺盛的中年 / 牵他们度过

衰竭的晚年 /……但我没有”（安琪《故乡雨大依旧》）。这是“北漂”诗人安琪，在重返福建故乡时发出的一段心灵独白，一场大雨浇灌出了内心滂沱的情绪，“良家妇女”一词的吟哦，旨在说明：传统的围困与现代的突围，时常在女性心灵空间形成尖锐的纠葛和冲撞，在她们敏感而柔弱的精神世界里，刻下了多少斑驳的印迹，这或许是现代文明发展中，女性必然遭逢的心理创伤和精神炼狱。在传统与现代两种观念的冲撞里，我们更能深切地体味北漂女性们生存的艰难与前行的不易。

每一个北漂诗人都有一个远方的故乡，这故乡是他们生命的来路，是他们牵挂的所在，也是他们在都城里奋争、打拼的精神支柱。“露从今夜白，月是故乡明”（杜甫《月夜忆舍弟》），在疲累的工作之余，他们会想起故乡，想起亲人，想起那熟悉土地上的道路和村野、月光和蛙鸣、亲人和朋友。“这一夜 / 我无法拒绝的失眠 / 白天 / 我游走在川流不息的人群 / 目睹一张张陌生的面孔 / 对着天南海北的语言似懂非懂地微笑 / 在楼群的夹缝里 / 我时常想起远方那个村庄 / 那个朴实但很整洁的庭院 / 抑或，一群群熟悉的乡音和笑容 / 还有一个个茶前饭后津津乐道的故事 / 在异地他乡流浪的长夜 / 家，我又一次想你 / 你就像高高枝头熟透的果子 / 我只能昂头仰望 / 却无法触及你温馨的甜蜜”（郁浪子《家，我又一次想你》）。因思乡而失眠，因失眠而彻夜想念家乡，这种异常情绪的轮回，这是乡愁在北漂诗人心头跃动的反映。“盘腿，打坐，做一个守夜人 / 怀念一个个离开的人 // 三哥最先离开 / 凌晨两点，时间停止在三十一分 // 妈妈的呼吸停止在我的怀里 / 她盼了我一年 / 我只在她身边三天 / 远不及在她子宫里的时间”（李爱莲《想亲人》）。想念故乡，说到具体处就是想念亲人，包括想念父母、想念兄弟，这种想念，既有对亲情的珍惜，又有无法报答亲人的愧疚。“今天、明天开始大幅降温了 / 亲 / 我出生在南方一个叫潭葛南村的小乡村 / 那里世代耕种 / 农田后面是浩瀚的大海 / 我的乡村靠农田和海活 / 我没有照顾过我的乡村和我的海”（吴震寰《通知：请照顾好我的乡亲，请照顾好我的海》），对故乡的牵挂与眷恋，最终化成了这五味杂陈的撼动人心的“通知”。“你在北方挣钱，养家，糊口 / 妻在南方带儿上学，赡养老人 // 隔着长江，还有一条黄河 // 你在北方的桥边，踮起脚尖 / 望向南方 /2000 公里之外的家呀 / 妻在夜里数着 2000 只羊”（王邦定《七夕》）。北漂人的思乡念亲，往往与家乡亲人的思念是同步的，这相互照应的思念，共同支撑着他们的人生。

生存的局促，身心的疲累，这是北漂一族现实生存的基本状态，但他们从不因此而灰心和气馁，而是始终在韧性地坚守，坚定地前行。这是因为在他们内心，有明亮的理想之光始终在照耀。“巷子很长，很窄 / 路面坑坑洼洼。夜，很黑 / 一个女人背着孩子在前面走 / 后面的男人左手打开手机的电筒 / 右手随时防着女人跌倒 / 两个人一前一后，一米的距离 / 他们用自己家乡的方言亲热地说着话 / 我想，拉家带口漂泊 / 外面的日子再苦总比在老家强 / 不然不可能背井离乡”（张华《三口之家的情怀》）。在城市里物质上的获得，虽然不一定是永远的寄托，但起码可以满足他们改善生活的基本要求。“幸福不是你已经拥有什么 / 而是你努力 / 攀上一列慢车 / 它斑驳的绿皮 / 除了掉漆 / 还能让你，想到春天”（花语《小堡西街的下午，关于幸福》），这对于“春天”的向往，构成了一种闪着光亮的精神寄托，增添了他们继续努力的决心。“玩过酒吧，开过文化沙龙 / 你最珍惜的 / 还是诗人身份 / 十年驻扎方家胡同 46 号 / 坚守着钉子般的根据地 / 粗糙的外表下 / 谁也猜不到 / 你有一火车少男少女的诗歌梦”（李飞骏《人物志：诗人老贺》）。成为诗人的精神追求，正是许多北漂人心头美好的梦，这给他们的生活和工作，带来多少愉悦和快乐。“看窗外的北京 / 不很明朗 / 但也没什么雾

霾 / 这不是我要的天气 / 今天是周五 / 我想要一场秋雨 / 一些老友冒雨赶来 / 与我喝个痛快 / 下雨前要刮大风 / 我迎风而立 / 像那个名震天下的 / 帝国诗人 / 站在边塞诗里”（老巢《给我个痛快》）。老巢的诗里，既有“醉卧沙场君莫笑”（王翰《凉州词》）的洒脱，又有“会当凌绝顶，一览众山小”（杜甫《望岳》）的豪迈，不禁让人心动情迷。

是的，《北漂诗篇》里的诗，是北漂人多样生活和复杂情感的艺术抒写。在这些诗章里，我们能读到他们的爱与泪、愁与苦、困苦与挣扎、思念与奋争，能看到他们多姿多彩的生活图景，也能品尝到极为丰富的人生百味。在这些带着原生态生活气息和情感底色的诗行中穿行，似乎有“一百个杜甫与我们相遇”，或者说，我们似乎与一百个“当代杜甫”不期而遇，诗行中沁满的笑与泪、梦与醒、歌与哭、困厄与抗争，在我们心湖上一次次荡漾起无数的涟漪，我们的感触和心动，久久无法平息。

2019 年 8 月 31 日，南方诗歌研究中心

张德明（1967—），文学博士，北京师范大学文学院博士后，岭南师范学院文学与传媒学院副院长、教授，南方诗歌研究中心主任，西南大学中国诗学研究中心客座研究员，全国中文核心期刊评审专家。已出版《现代性及其不满》《网络诗歌研究》《新世纪诗歌研究》《当代艺术思潮论》《百年新诗经典导读》《新诗研究的理论与实践》等多部学术著作，在国内重要学术期刊发表学术论文百余篇。曾获广东省青年文学奖理论类一等奖、2013 年度“诗探索奖”理论奖、《星星》诗刊 2014 年度批评家奖、首届“名作欣赏杯”优秀论文奖等奖项。

“北漂”与“北漂”者

徐蓓

双唇触碰，兀然响亮地发出第一个爆破音，再扯开嘴角，让它结束在绵长的鼻音里，“北京”这个词听起来正好是青春的样子，既满溢着理想的热情又充满现实的无奈。北京像是被理想照得通透的悬于中国华北上空的一颗明珠，成群的人不顾一切向着光亮走去，其中的大部分没有名字，或者可以有一个统一的名字：“北漂”。假若一个人背井离乡来到北京，所带的行囊里最珍贵的东西是满腔的激情和一罐妈妈做的小菜，那么没有选择，他已然成为庞大的“北漂”族之一员。

“北漂”作为一种不可忽视的文化现象，在很长一段时间里频繁地出现在人们的视野里，电视、电影等众多艺术作品也尝试将“北漂”生活的暗幕揭开一角，向大众展现这个群体的面貌。同时，“北漂”也似乎正在成为一个日益稳定的概念，一闪而过地模糊地等于地下室、孤独、贫穷等，但正因为“北漂”这个词如此轻易、广泛地概括了这千万人的生活，我们更需要注意，在这个词语背后北漂人的生活究竟都有着怎样不同的形态，《北漂诗篇》即是回答这个问题。正如师力斌在《北漂诗篇（2017 卷）》代序中所说的，从北漂者自己的文字出发，“将更多的创业者的心声传达出来，听听他们怎么看待自己身在的城市，怎么看待自己的生活”，书中辑录在册的作者有自幼北漂的小学生、有人到中年的长期北漂、有专职写作绘画的艺术从业者、有住在城中村的打工诗人甚至包括曾经北漂业已离开的人，正因如此，才更有可能揭示“当代中国社会丰富的文化诉求和创造性的文化想象”（师力斌），打开“北漂”贴吧或相关微信，满目可见的是生活现实的疮痍，打开《北漂诗篇》让人看见的是生活缝隙里“人”的样子。

作为一个群体，“北漂者”的确存在着一些鲜明的区别特征，其中较为突出的是对主体认同的焦虑，但表现却不尽相同。首先引起注意的是部分人对主体存在的焦虑，“北漂”的称谓如此庞大以至于失去了名字的部分意义，它可以是所有人也可以不是任何一个人，而“北漂者”看似是一个被“北漂”覆盖的场域，但在场与场之间似乎存在着某种离散力，其边际偶尔会有散逸的粒子，力图成为完全独立的个体，翻开《北漂诗篇》，分明能看见北漂者对于证明主体存在的渴望。诸如“看客座椅被人编号 / 无人啃咬的过去和未来 / 1357986420”（叶上达）、“我是 7639　1151　56100350　工号 12”（小海）、“房门洞开，大厅里坐着编了号的人群”（左安军），对编号的敏感，或许同时出自对数字化时代的恐慌和对人异化的排斥，但究其根本这种恐慌和排斥依旧来自于对主体存在感的强烈需求，在这些数字背后，如何使人以“人”的姿态存在才是他们真正关心的。对主体存在的焦虑更多能从北漂者对自己生存状态的描述中体现出来，在诗中，他们或把自己比作昆虫，“时常在人和昆虫之间进行角色互换”（杨泽西），或将自己比作毛屑，“宋庄的风一吹 / 地上就卷起一缕缕尘埃 / 像一堆漂在宋庄的毛”（阿琪阿钰），或让自己化作一阵风，“我是我故乡的一口风。我是我异乡的一口风”（鲁橹）……这些诗句划过眼前却带来凌厉的痛感，看似平淡，但一字一句无不是“北漂”者最强烈而无奈的渴求：以“人”的姿态独立存活在这里。其次是对主体归属的焦虑，这在诗里或许集中体现在地名疏离和亲情书写中。很多诗中，诗人们不厌其烦地标记着一个又一个地名，表达着熟悉的疏离感，展现出一种不被接纳（抑或是主动排斥）的无归属状态。面对着日益熟悉的地名和环境，却总有异客的情绪，穿梭在城市的各个角落但无一地可归属，正如张后在诗中所说“在京都，首先我得承认自己是一个陌生人”，带着外乡人的恐惧和自傲，必须承认，在这个城市生活是艰难的。此外，对故乡与亲人的复杂感情也可视作是主体寻求归属感的表现之一，“故乡”或许是本书诗作中被提及最多的实词之一，这实在是离乡者永远不变的主题，但对于北漂者来说故乡和北京一样，都是回不去、到不了的远方。因此娜仁琪琪格写下“这些母语的暖流将一个放逐天涯的女子 / 迎回家然后又一次看她走向远方”，对于北漂者来说在哪儿似乎都是异乡客，只有记忆里的故乡是心之所安，但又足不能至，只能在北方的夜里一次又一次地想起“故乡”。更难以触碰的是对亲人的感情，书中常有诗提到对父母亲人的愧疚，“我的苦难又让父亲的苦难加重了一倍”（杨泽西），而有时这样的感情牵连了太多生活的苦难甚至病痛、死亡的想象，李柳杨《阿莲的父亲下葬时，她正在打一只苍蝇》呈现出蒙太奇镜头的效果，父亲下葬和拍打苍蝇的画面来回切换而最终部分重合，看似在消解死亡的重量但却不禁让人心头一颤。孩子离家漂泊无依时，自然会想起父母，父母甚至是唯一的归属之地，“我朝着南方的方向，一笔一画写下：父母国”（安琪）。可以说，不论是主体存在或是主体归属，有关主体认同的焦虑的确普遍存在于北漂族群中，并且有着不同的表现形态，所以同样地，我们有必要将眼光放到更具特殊性的个人书写上来。

我们已经知道在较为类似的、普遍存在于“北漂”的情感当中，不同的北漂者也会有不同的感受与表达，但还需看到的是，除了大众眼中“北漂”的普遍状态外，还存在着一些不一样的“北漂”者，甚至对一些“北漂”者来说，在北京的日子并不算“漂”。马莉在书中的北漂感言是：“漂在北京，让我找到了根植于大地的感觉，像树一样每一年都要开花结果。”类似的还有三四的“漂久了，也会生根”，苑长武的“漂在北京，也是北京人”，更有甚者如不识北，认为“在哪里都是玩，区别不大”。我们并不知道这样的文字是否可以完全确信，但可以肯定的是至少存在这样的“北漂”，的确已经和北京建立了良好的双向关系，安于北京，或许如爱斐儿所说：“一颗心始终安在，未曾‘漂’过。”北漂者来北京的目的也不尽相同，简单地可以用“梦想”一以概之，但当我们看到“北漂对我而言是一种生计上的被迫！”（车邻）以及“比老家起伏的山峦，这更像一个好世界”（蔡诚），“诗人永远在漂，流浪保有诗意”（艾若）这样的文字时，或许对此会有些许不一样的理解。北京这座梦想之都吸引来的人们，无不带着不同的故事和初衷而来，每个人都带着一些傲气和激情，每个人都值得被记住，或许无非是这些人恰好来了同一座城市而已，于是有了同一个名字。但就算面对同一个城市，拥有同一个名字，北漂者的生活与精神也是如此的丰富多样，就像是藏在北京地图之下的另一个北京，看这些文字，感受他们的生命温度，一定会有那么些人为这些诗歌心潮澎湃。

在序中，师力斌说：“我的解读着重于诗人们的‘北京’想象。”或许除此之外，对在北京的“诗人想象”也可作为这本书的阅读方式之一。总之，作为读者，这本书读完总会受一些感动，有一些想说的话，或许，在“北漂”的状态下，让诗歌留在生活本身就已经颇让人感动。

2019.08.28

徐蓓，1998 年出生于江西上饶，2015 至 2019 年就读于首都师范大学汉语言文学专业。现就读于中国社会科学院研究生院。

后记｜“我希望做一盏暖色的灯”

安琪

先是朝阳路到财满街左拐 / 送小乙和他女儿回家后 / 连续两次向右转弯 / 看着满月当空照下来 / 在上朝阳北路的一刹那 / 猛觉自己的今天就是转折 / 跟这路一样 / 平行着走 / 却上了一条宽而靓的大道。

编到张小云的这首《转折》时，我的心一阵颤动，因为知道张小云这几年的辛苦，想着他在明月光下、在宽敞的朝阳北路突然降临的预感：从此刻开始，一路通畅，生活、情感乃至他不断提到的生命前景。张小云是我的老乡，百分百漳州老乡，作为我到北京最初认识的不多的几个朋友之一，他的奥迪车的副驾驶一度是我每次搭顺风车最喜欢的位置，那时的张小云，三十八岁，身为记者，又有自己的传媒公司，男人最好的年龄，真个是意气风发，整个世界对他而言不在话下。后来因为转向实体经营，有点像大路不走走偏道，让自己掉入一个奔波辛劳的苦循环。好在他身上有闽南人的韧性和坚毅，也明白“人生可比海上的波浪，有时起有时落”，倒不颓废，这便好，他仍然让人展现一股向上的欢喜，看不到他苦行僧的样子。这首写于 2018 年 3 月 1 日的诗作，就是他心境的表象。我也祝福张小云！

一年一度的《北漂诗篇》的编辑工作，是众多北漂朋友的大聚合，分散在北京各个角落的北漂诗人们，平时忙于自己的生存，基本不来往、不走动，一旦《北漂诗篇》征稿启事一发出，便如鱼得水，纷纷冒了出来。沉寂的“北漂群”也像过节一样热闹。《北漂诗篇》是北漂诗人们的展诗台，每有让我惊叹的诗我就会发到群里、发到朋友圈。《北漂诗篇》是一本主题年选，针对的是北漂诗人群体，他们与专业写作的诗人们不同，没有那么多的时间和精力专事写诗、研究投稿，许多人其实已写得一手好诗，却默默无闻，我总是在为他们叫屈，但我能做的，也只是把他们收进《北漂诗篇》并一一嘱咐他们，多写，多投稿。编《北漂诗篇》我有一种奇怪的感受，觉得自己就像北漂诗人们的大姐姐，有责任有义务发掘他们的才华、推他们的诗作走向外界，而他们也对我十分信任和友爱，每有交流，都点头称是，隔着电脑、手机屏幕，我们彼此都体会到了对方的真挚、善良和对文学的虔诚。很希望各报纸杂志的编辑老师们多多关注北漂诗人群体，给他们更大的空间，我很愿意做这方面的牵线搭桥工作。

2019 年卷《北漂诗篇》以煤矿工人马跃的诗作《煤矿掘进工》开篇体现了编者对劳动

的尊重，黑暗中劳作的煤矿掘进工，心中有光明的信念，他们是在掘火、掘太阳，用倔强掘、用不屈掘。如果说马跃收入 2018 年卷《北漂诗篇》的《煤矿工人》一诗更多感伤、更多抱怨、更多苦涩、更多无奈、更多不平的话，今年的《煤矿掘进工》则更多自信、更多面对、更多勇气、更多力量、更多担当。这也是北漂群体面对生活的真实：叫苦不是办法，奋斗才是出路。今年的《北漂诗篇》又涌进了许多新面孔，他们青春、激情、无所畏惧，1994 年出生的崔家妹说，其实北漂没有传说中那么悲惨，“我希望做一盏暖色的灯 / 把一个房间照亮 / 每次开关都由自己成全”。是的，选择北漂，更多时候就是选择一种独立的自己能掌控的生活。生于 1995 年的王心妮姑娘的北漂感言是，“跨越千里来到首都追逐自己的梦想，有着一颗不甘平凡的心，敢想敢做，无怨无悔，青春就是充满无限可能！”我特别喜欢王心妮一首写流浪狗的诗，这只“内心住着一只狼”的狗，“也许跑一天路 / 翻遍多少个垃圾堆 / 才勉强填饱肚子 / 一路上经历多少艰难 / 它仍追随着自己渴望的自由”，这样行动自由的一只狗，比被主人牵着锁链的哈巴狗，应该幸福许多。

军旅诗人赵琼此次投给《北漂诗篇》的几首诗作表达了一个军人对祖国的无限深情，“夜，紧裹大地的时候 / 总有一些眼睛 / 被睡眠抗拒 / 就像，在一片衣食无忧的阳光下 / 一些翅膀 / 拒绝安逸”，和平的环境需要战士来守护。热爱祖国，建设祖国，是每一个中国人责无旁贷的使命。

《北漂诗篇》的出版已进入第三个年头，感谢中国言实出版社为北漂诗人们提供了这一个珍贵的展示北漂诗人创作成果的好平台，这是中国当代文学史第一部北漂诗人年选，《北漂诗篇》年选的出版已不止于诗学意义，还有历史学和社会学意义。“北漂诗歌是具有现实感和历史性的动人之作，是录写现代人真实生活境况和内在心灵轨迹的当代‘史诗’”，著名学者、岭南师范学院张德明教授在题为《“一百个杜甫与我们相遇”》的学术文章中如此肯定；“北漂诗人群体”作为城市诗写作的一支生力军，也多次进入著名学者、城市诗学研究专家、上海大学许道军教授的研究视域。《北漂诗篇》被誉为“一部诗歌版的北京志”，《北漂诗篇》已然成为北京文化新地标。

祝福北漂诗人，祝福北漂诗篇！

2019 年 9 月 2 日于北京不厌居